JN240039

# 秘恋（ひれん）

加賀ゆう子
KAGA Yuko

文芸社

# まえがき

初恋からやがて大人の恋に。心に宿るひとりの男・祐（ゆう）を今も思い続ける深見沢香子（ふかみざわこうこ）。共に暮らした十年、別れてから、今なお心の灯として祐への感情と無性に逢いたいという気持ちが込み上げてくるのだが、連絡すら取ることができない。香子はシンガー・ソングライターの節目にあたる年の新曲に、祐への再会のチャンスを賭けるのだった。自ら手がける作品は、ふたりの思い出の地・金沢を舞台に、タイトルは『秘恋』と決めた。そして一節一節にふたりでしか知り得ない言葉を綴りメッセージにした。ラジオから、有線放送からこの曲が流れる時、果たして香子の声がメッセージとしてひとりの男・祐に届くのであろうか。そしてふたりに巡り逢う奇跡は起こるのか……。

全十二章、体当たりで書き上げたフィクション風ドラマ仕立ての作品なのです。

# 目次

秘恋

# 秘恋（ひれん）

# 第一章　五線紙

六月、小雨が降り続いていた。昨夜までの雨が嘘のような、雲ひとつない何日かぶりの東京の空。カーテンの隙間を縫うように元気な陽射しが香子の枕元を叩いた。

朝方近くまで眠れずにいた香子の白い身体はまだ夢の中にいるようだ。そしてどこか気だるそうに、二度、三度寝返りを繰り返している。やがて香子は思い切るようにベッドを離れ、カーテンをいさぎよく開け放った。朝の強い陽射しが香子の目を覆った。

「眩しい！」

香子は頭の中まで突き刺さるような光線を受けて、出窓を開けた。

「ウワーッ！」

思わず吐息がかった声を発し、そして微笑んだ。

六月初旬、そこには天が授けてくれた、日本の四季がある。新緑の爽やかな初夏の風が、心優しいほどにそこここに漂っている。香子は身体全体をその風にさらしていた、まるで命の洗濯でもするような気分だ……。

香子は身体の中に赤い川が流れているのを感じていた。染み入る風香を思い切り吸い込んだ。そして、太陽をほしがるその身体をさらに窓の外に突き出すようにして空を仰いだ。香子の長い髪がサラサラと泳ぎだした。その髪を風にまかせながら、香子は全身の力を抜いてしばらく窓にもたれかかり、さっきまでの夢の続きを思い出していた。

「祐さん」

香子はそうつぶやいて両腕を交叉させ、白いその腕にそっと顔を載せた。祐との思い出を抱きしめるかのように……。

昨夜の夢が、今朝の香子を強くそうさせているのだろうか。

共に暮らした十年、そして別離(わか)れて八年、「祐」への想いを人生の一コマにするにはあまりにも簡単すぎると、香子はそう思っていた。

「逢えるなら逢いたい！　今すぐにでも」

その想いさえ伝える術(すべ)がないのだ。時の流れの移り変わりに流されながらも、くっきりと「祐」への慕情が香子の胸の奥で息づいている。

こんな女を他人はバカと言うのだろう。それがトラウマとなっていることは承知の上だが、香子は「祐」への未練にしっかりと向き合わなければ、きっと明日への一歩が踏み出せないような気がしていたのだ。香子にとって、人生の一ページにこんなに大きなウエイトを残した異性がこれまでにいたのだろうか。

兄への想いにも似た感情を「祐」に抱いてから、香子の中の女が、日を追うごとに男の香りを感じるようになり、彼の言葉の一つひとつが異性というものに対してのカルチャーショックになっていったのだった。

曲のタイトルは『秘恋』と決めていた。

北陸、金沢、日本海、能登港……。そこにはまるで映画のワンシーンを見るかのような、ふたりの熱い思い出の一コマ一コマが香子の心に鮮烈に蘇ってくるのだった。

虚ろげなまなざしで思い出をたぐり寄せている……。さっきから少しずつ陽射しが強くなるのにハッと気がついたのか、香子は、洋服に着替えると足早に二十畳ほどあるリビングに行き、そこからベランダに出た。そこには、ひときわ鮮やかな石楠花(しゃくなげ)の花が枝葉を従えて惜しげもなく咲き誇っている。よく見ると丸い玉露がまるでビー玉のように葉の茂みにかじりついている。雨はどうやら朝方頃まで降っていたようだ。この花も〝水を得た魚〟のようだ。香子はひとり言で笑いかけ、長い髪を無造作に束ねた。そして気ぜわしそうに動き出したが、その背中では長い髪が揺れながら、踊るように右へ左へと遊んでいる。洗濯機の音も、掃除機の音も、まるでストリングスのように香子のハミングに共鳴し合っている。いつになく楽しんでいるのだ。

「祐」との別離に心が痛み……、その痛みも月日とともに少しずつ温かい思い出へと変わり始めていた。そして八年が過ぎても、香子の「祐」への思いは変わらぬものとなって真実のものとなって生き続けていた。

ベランダの石楠花、それは香子の切ない胸のうちを知る友人たちが、昨年の今頃プレゼントしてくれたものだった。香子は毎日水をやり大切に育ててきて、今年も見事に咲いてくれた。香子はその石楠花にしばらく見とれていたが、ベランダからキッチンに戻り、額の汗を拭った。

香子は喉の乾きを覚えた。思い立ったように冷蔵庫を開ける。その中には缶ビールが一列に七本ほど並んでいた。香子は飲む時も雰囲気を楽しむため、もっぱら友達と外で飲むことが多くなる。したがって、冷蔵庫の中のビールは半年もそのままであった。

香子はジュース缶に手を伸ばし、グラスに注いでグイッと飲み干した。

「美味しい！」

ジュースの心地よい冷たさに思わず声を上げた。そして味わうように飲み干すと外を見やった。さっきから聞こえていたのは……。

神宮の森に居を構える小鳥たちがさえずる鳴き声だった。それは空高く飛び交うように弾んで聞こえてくる。そしてその小鳥たちの存在が、香子の耳には今やっと受け止められている。

自分でもおかしいくらいに上機嫌だった。テーブルの上のバスケットからパンの耳をちぎりベランダに放った。小鳥たちは、遠くの方からも我先にと飛び降り、わずかなパンを取り合っている。香子はその様子をどこか懐かしげに見ていた。

小さい頃、仕掛けた小鳥の罠を思い出していた。庭先に来る小鳥にどうしても触れてみたかった少女は、米粒をすこし撒いて、それを覆うようにした籠を支えるつっかえ棒に紐をつけて、小鳥が来るまでじっと待っていた。だが、小鳥たちはいっこうに食べにこない。近づきさえもしなかったのだ。少女は結局一週間待ったのだが、やがて諦めた。そんな妹の様子を仕事をしながらじっと見ていた兄がいた。そして彼は、庭先の木に小鳥たちのために巣箱の家を作ったのだ。その巣箱にやがて小鳥たちが住みつき、忙しそうに麦わらや小枝を運び込み、そして雛をかえした。父も母も、そしてもちろん香子も喜びはしゃいだ。だがどこから来たのか蛇がその雛を飲み込んでしまった。香子はその蛇の仕打ちに大泣きしたことがあったのだった。

香子はそんな幼い頃の思い出を重ねて、ベランダの小鳥たちを見つめていた。

こんな小さな生き物でさえ、強い小鳥は一番先にパンを咥（くわ）えて飛び去っていく。そして残された力のない小鳥は、パンを探し未練惜しそうにベランダを探し歩いている。香子は出遅れてしまったその小鳥たちを見てふっと笑った。憐れとも思えず、その間の抜けたような姿がなぜかとても自分に似ているように思えたのだった。香子はパンの切れ端をまた投げてやった。残っていた小鳥たちは一瞬たじろいだが、すぐにパンに飛びかかり、無事食事にありついて飛び去っていった。

何かの気配に香子は耳を澄ました。その音は家事室から聞こえてきていた。

「あっ、水が！」

香子はあわてて洗濯機に駆け寄って蛇口を締めた。そして床に溢れていた水をバスタオルで拭き取り、鼻歌を歌いながら今度は掃除機を取り出していた。ひとり暮らしではそんなに埃も出ることはないが、こうして掃除機をかけていると香子は不思議に心が落ち着くのだ。

いつものように、香子の口からすでに何年も前から定番となっていた歌の一節が流れ出した。

♪あなた　帰ってよ　この胸に〜♪

ふと口に出るこのフレーズ、「祐」への思いが無心のうちに込められているのだ。

香子は息をふっと吐き、二の腕で汗を拭きながら掃除機をかけて、自分の口から飛び出してくるその声がますます弾んできているのを楽しんでいた。

その時、ついに……。

♪髪に　さざんか　燃えて泣く♪

「ウワーッ、出来た、この詞のフレーズ」

香子は身体全体に震えがくるのを感じ、「祐さん！」と、心の中で叫んでいた。熱い想いが否応もなく込み上げてくる。何かが、香子の身体の中を走り抜けた。それはまるで電流のように交叉した。燃える想いと、叶わぬ想いが……。

香子は掃除機のスイッチを止めて、離れ廊下から机のある部屋まで駆け込んでいた。部屋の中のワインカラーの机の上には、思い浮かんだ詞やメロディーを書き込めるように、きちんと五線紙が置かれてある。そしてドアをあけた瞬間、陽光に照らされた白い五線紙がくっきりと香子の目に飛び込んできた。香子は思い抱くようにそのメロディーをハミングしながら五線紙の上にのせていく。

今日は書ける！　香子はそう思った。

今度は身体全体に躍動感が漲って来た、はやる心を落ち着けるように、香子は密かに作品の誕生を祈らずにはいられなかった。「祐」とふたりで過ごした思い出が、今静かに香子の脳裏を駆け巡っている。

～八年前～

別れを切り出したのは香子の方からだった。「祐」を愛するが故の決断だった。世間知らずの香子から出たその別れの言葉に、「祐」は息をのんで驚きを隠さなかった。

「祐」にとって、「浮気は男の甲斐性」、どこかでそんなことを思い、香子のことを振り向きもしない日々が確かに続いた。気がつくのが遅過ぎたのか……、もちろん「祐」は香子のことが嫌いなわけではなかった。「祐」は必死になって香子を思いとどまらせようとした。

男泣きに泣いた「祐」の姿を思い出していた。その時は「祐」の大きな身体が、香子の涙の中でとても小さく見えたのだった。

前向きに生きることを決意した香子を「祐」は危なげな思いで諭した。一人で生きる不憫さを感じていた。そして香子が歌の世界で頑張りたいと言った時、大反対したのだった。世間知らずに生きてきた香子が、芸能界などという、厳しくも恐ろしい世界に足を踏み入れることなどできるだろうか。その結果は「祐」にとっても朧（おぼろ）げながら知り得る、そして想像できることでもあったからだった。

「必ずボロボロになる！」

「祐」はそう言って出ていった。

確かに香子はそれまでアルバイトで歌っていた。だがプロとして歌の世界に入るとなると、それは香子にとっても想像すらできない奥の深い世界だったのだ。

苦難の日々が続いた。もちろん香子にもいくどかのチャンスが訪れたことがあった。だが歌の世界、そこは「一生懸命」と「努力」だけではどうにもならない世界だった。香子は必死になってもがいた、谷底を這うように……。来る日も、来る日も成功を願って。なぜならそうすることで、「祐」との別れに大きな答えが出ると信じたからだった。

あれから数年、今こうして一人で作品と向かい合っているうちに思い知らされていた。

自分の愚かさを、「祐」をそれ程までに愛していたことを、そして「祐」に愛されていた事実さえも……。

「迎えに来てください」

香子は誰にも言えない憐れさに押し潰されそうになりながらつぶやいた、「祐」に向かって。

五線紙が瞬く間に涙で滲んでいく。狂おしいまでに五線紙の上に載せて、いつまでも泣いていた。香子は初めて本音の自分になれていた。

北国・金沢、あの街の歩道に並んで咲いていた真紅のさざんかの花。雪の積もったさざんかの花が、香子にはまるで好きな人をじっと待っているように思えたのだった。冷たい雪帽子に震えて咲く花、さざんか。今の香子には思い出すほど身に染みてくる。香子の運命にも似たその花は、今度の歌の詞にはなくてはならない思い出深い素材でもあった。

いつか「祐」と旅した北国・北陸。冬と春と二度訪れた金沢の街。降り立った金沢の駅から海沿いのホテルまで乗ったタクシーの運転手は、ふたりを振り向くようにして言った。

「北国、金沢の空模様は気まぐれなんですよ、晴れていても傘を持って出る人が多いんです」

そして笑いながら空を指して続けた。

「ほら、雲行きが怪しくなって来たでしょ、人生みたいですよね……」

「お客さんたち東京からでしょ？　どうぞ楽しい旅を！」

運転手はつり銭を笑顔で「祐」に渡しながら、そう言って走り去って行った。

「祐」は香子の手を取ってタクシーを降りた。頬を突き刺すような日本海の風が、細い香子の身体を押した。「祐」はすかさず香子をその腕の中に引き寄せホテルのロビーへ入っていった。

その時、香子は思った。

（こうして「祐さん」が私の側にいる）

香子は甘えるように「祐」の手の中に深く自分の手を絡めていた。

初めて「祐」との旅の宿になる。少しの緊張感があった。しかし「祐」への信頼が香子の不安を取り除いていった。好きな人との旅が、女にとってどれほど幸せなことか、香子は大きな発見をしていた。

仲居が差し出した一本の赤い番傘の中に香子を引き寄せ、「祐」は雪降る金沢の夜に照れたように足を踏み出した。夕食前の雪道は、すっかり灯に彩られ、雪国ならではの叙情感を誘った。

「祐さん、見て！　あの花きれい!!」

香子は粉雪が降りかかって、風にゆれ震えて咲いているさざんかの花を指さした。「祐」は、ごめん、とその花に向かって言い、ひと枝を折り香子の顔をのぞくようにして、髪に飾った。

「そのままじっとしていて！　写真を撮るから」

「祐」の言葉に香子は、はにかむようにしてポーズをとった。浴衣の足もとまでも風に揺らぎ、香子の白い脚がのぞく。香子は赤い鼻緒のげたの先をトントンと立てた。

「香子、きれいだよ」

「祐」はそう言って何枚か立て続けにシャッターを押し、今度は通りすがりの中年の夫婦に頼み込み、ふたり一緒の写真を撮ってもらった。

「香子の黒い長い髪に赤いさざんかの花がよく似合っているよ」

「祐」が香子の耳元で囁く。

「祐さんの浴衣姿初めて見たわ、ステキ！」

香子はそう言って彼の方を見やった。

「惚れ直したろう！」

「祐」はそう言って高らかに笑った。香子はその彼の男っぽい姿に目を細めてただ見ていた。思い出す、何もかも……。

「祐さん若い。私もまだ大人になり切れていない顔をして写っているわ」

香子はいつの間にかその写真を手にしていた。そして、懐かしそうに微笑んでしばらく見入っていた。そしてまた、そっと机の奥深くにしまいこんだ。それはまるで宝物を慈しむように……。


五線紙を胸に抱きしめ香子はつぶやいた。

「祐さん、もうすぐふたりの思い出の作品が出来上がるわ、待っていてね。私からのせめてもの贈り物よ。でも届けることができないから、きっときっとオンエアで気づいてくださいね！　香子はそう祈っています」

外を見やると、香子のそんな切ない思いとは裏腹に、そこには昼下がりの中、眩し過ぎるほどの陽射しを仰ぐように、石楠花の花が咲きほこっている。

香子は大きく両手を上げ背伸びをした。

「さあ、少し気分を変えなきゃ！」

元気にひと声あげて、香子はキッチンに立った。パンを焼き、コーヒーを入れた。香子は仕事部屋の横にあるリビングに行き、ソファーに深く腰を下ろした。大きな鏡に、香子がゆっくりとコーヒーを飲む姿がすっぽりと映っている。長年親しんできたその鏡は、香子の笑顔も、悲しみの顔もすべて見つめ続けてきたのだ。香子にとって、今はなくてはならないものになっていた。そして香子はなぜかリビングのその位置に坐ることが多くなっていた。まるでそこにはいない、もう一人の友人を捜すかのように……。

香子は、朝起きた時に束ねたままになっている髪に触れると、赤いハンカチの結び目をほぐし髪の根元を崩した。黒く長い香子の髪の毛がサラサラと肩に散った。そして指で髪を直しながら、またゆっくりとコーヒーを飲んでいた。フーッと吐息をついてソファーの背にもたれた。等身大の鏡が、香子の妖しいまでに妖艶な姿を、あの頃よりも成長した姿を映していた。ロングの小花模様の柔らかいスカートが香子の足もとにまつわりついている。

持って生まれた育ちの良さと、気品さえ感じさせる香子の何げなさ。それは「祐」もいつも周囲のひとに自慢していたほどだった。その時からすでに、今の香子の姿を「祐」は知る由もなかった。歳月を重ね、酸いも甘いも乗り越えてきた女には、大人としての自信と充分な色香が備わっている。どこか夢見がちなまなざしが男心を引かないわけがない。もちろん、香子に声をかけてくる男性は今まで何人となくいたのだが、「祐」を思い続ける香子の心には、そんな誰の声も届かなかった。

「恋人がいないのが不思議よね」

友人たちはいつもそう言って、常に香子の背後にのしかかるトラウマを払いのけようとでもするような、大げさなゼスチャーをして笑っている。でも香子は、屈託のない友人たちを心から許していた。コーヒーを飲み干し空を見上げると、目の中に、蒼い空に横一直線に引かれた飛行機雲が飛び込んできた。それはまさしく爽快な気分であった。あの日の日本海の蒼さのように……。

香子はまた五線紙と向き合った。

それは二度目に行った「祐」との旅だった。春の北陸、冬は気の荒さだけが目についた北の海もどこか穏やかさを感じさせていた。出船、入り船、男女のドラマを見るような能登港、そして日本海一面に広がるあの壮大な海原が、今でも忘れられないほどの一人の女性のドラマを生んだのだった。

白い砂浜をレンタカーで走った。右にも左にもハンドルを切る「祐」の両腕が頼もしくも見え、また「祐」の横顔にはまるで少年のようなあどけなさがあった。

香子の母性本能が開花したのだろう。「祐」よりも八歳年下の香子が言った。

「祐さん、まるで子どもみたいに喜んでいるわ」

「香！　砂の上を走るのは初めてだろう！」

香子と「祐」が育った関東にはそんな砂浜はなかったのだ。


限りない思い出が切ないほどに、五線紙を埋めていく。

兼六園の桜の花は今年もきれいだったろうな⁉　でも日本海から吹き寄せる春の風は意地悪すぎて、まるで恋の終わりを急がせるかのように桜の花びらを散らしていく……、あの時もそうだった。兼六園の庭園に鮮やかに咲き乱れる桜の木、大木の根元を見る限り、少しは長い命と思えるものを……。

なんと美しき花ゆえの命の短さよ。ふたりで散歩しながら、香子はそんなことをつぶやいていた。そして「祐」はただ黙って笑っていたのだった。神殿に立ってふたりは互いに祈った。香子の方が長く祈っていた。するとそんな香子の姿を見ていた「祐」が尋ねた。

「香！　何を祈っていたんだい？」

「えっ！　ウウン、教えない」

「あっ、そうか。そうか、分かった」

「祐さん、冗談ですよ。ふたりのことです」

香子はあわてて「祐」の側に駆け寄った。

「香子は大好きな祐さんのお嫁さんになれますように……、そう祈ったのよ」

ムキになって言い訳する香子の顔がいつになくあどけなく見えて、「祐」はますます面白がって不機嫌さを装った。するといつしか香子の目には涙が溢れてきた。あわてた「祐」は、

「バカだな！　冗談じゃないか！」

そう言って「祐」は人目も気にせずにしっかりと抱きしめていたのだった。そんなふたりの肩に、桜の花が、吹雪のように降り注いでいた。

香子の願いは叶わなかった。叶わなかった花嫁姿を、香子は歌の二番目の詞のラストに

書き綴っていた。

次の日は福井県まで足を延ばし、香子がいちばん楽しみにしていた、越前竹人形の里に立ち寄った。竹で作られた芸術作品は実に見事であり、香子はその素晴らしさに驚かされ、一つひとつの作品にじっと足を止めて見入っていた。「祐」はそんな人形の中から『踊る女』と名付けられた作品を選んで香子にプレゼントした。少女の頃から日本舞踊を習っていた香子に、「祐」はその人形を舞台で踊る姿と重ね合わせたのだった。

「祐さん、ありがとう。一生大切にするわ」

すげ傘をかぶり形も良く、まるで生きているかのように見えるその人形の姿は、ガラスケースの中で実に鮮やかに女らしさを表現していた。「祐」からの贈り物に子どものように喜んだ香子は、その夜初めてお酒をのんだ。

「酔えば私だってこんなにしなやかよ……」

香子は人形の舞い姿を真似、しなを作っておどけてみせた。

「いや、まだまだ。香にはあと十年はかかるかもしれないな、その人形のような色気が出るのは……」

「祐さんたら！」

ふたりは笑いころげた。食事の後で何キロも車に揺られた。初めてのお酒は、車の揺れで香子をさらに酔わせていった。けだるくなった香子は、車から降り、港の風に吹かれながら、そっと「祐」の肩にもたれかかった。

「祐さん、香子とっても幸せ。本当に嬉しい。この幸せがいつまでも続きますように……」

香子の舌は多少もつれていた。そして香子は「祐」の胸に顔を埋めた。

「香の人生はずっと俺と一緒だよ。この先どんなことがあっても俺の中ではずっと大切な女性なんだから……。分かってくれるか？」

「祐」はそう言って、そっと香子の唇に酒の香りを重ねた。香子の耳もとに「祐」の甘い吐息が走った。遠くから汽笛が泣いているように聞こえていた。

香子はその夜、遠くでかすむ漁り火を見つめながら、女として生まれてきたことと、その歓びをそっと感じていた。そしていつになくしっかりと「祐」の胸に手を当てた。

（祐さんの鼓動は私の鼓動。この手の平にしっかりと覚えておきたいの……）

「香！　本当に愛しているよ！」

そう言って「祐」はさらに強く香子を抱きしめた。

〜それは金沢から始まった〜

香子はリビングの天窓に向かってストーンとジャンプした。バレリーナのようにくるくる回り、ポーズをとった。そしてその姿を大きな鏡がとらえた。五線紙を高く掲げた。

「できたわ！」

香子は再び天窓を見上げて祈った。

「祐さん、この曲が流れたら、きっと、きっと気づいてください！」

外にはいつか闇の中にさまざまな街灯がつき始める時間になっていた。香子は、また深くリビングのソファーに腰を下ろし、いつものように天窓を見上げた。夜空には無数の星がきらめいている。

こうして天を見上げ、その星を数えては何度涙を流したことか。「祐」に逢いたい、どこにいるの？　いつもそう思って過ごしてきた。だが今夜は違った。香子の胸に抱かれた五線紙が、「祐」の分身のように香子を温もらせている。

「寂しくなったら『祐』と語り合うこの曲がある。ふたりの思い出がひとつの作品を誕生させたのだ。祐さん本当にありがとう」

『秘　恋』―ひれん―（作詩・作曲　加賀ゆう子）

一、
心夫（あなた）と暮らした　金沢は
雪の深さも　とかす恋
港宿から　きこえる汽笛
心夫（あなた）帰ってよ　この胸に
髪にさざんか　燃えて泣く

二、
兼六園から　能登港
桜吹雪が　散りいそぐ
白い玉砂利　乱れるすそも
女ごころに　秘められた
赤い毛氈　金屏風

三、
心夫（あなた）が酔わせた　能登の酒
酒の味さえ　初恋と
輪島浮島　想いは尽きぬ
酔えばなおさら　身を焦がす
踊る　越前竹人形

# 第二章　終止符

篠沢健一は田舎道を、時には信号を無視するかのようにスピードを上げて突っ走っていた。六〇キロの道のりがもどかしかった。彼は命の危険さえ顧みずに、夢中で香子の部屋に向かっていた。

「香ちゃん、死んだりしないでくれ！」

健一の顔は蒼白となり、ハンドルをしっかり握るその手には油ぎるほどの焦りがあった。

「オフクロの奴、なんであんな言い方をしたんだ……。クソ！　ひどすぎるよ！　香ちゃん、ごめんな、俺の力が足りなくてよ!!」

健一は泣いていた。大型のトラックが大きなクラクションを鳴らして通り過ぎていく。健一は、今俺が死んだら香ちゃんを守れないのか！　ハッとなってそう思い、やっと心を落ち着かせた。あと三一キロだ……。

その頃、香子はひとりで泣き崩れていた。

「うちの息子と貴女とは死んでも一緒にさせません。いっそ貴女など死んでくれた方が助かるんです！」

「なんてひどいことを……」

香子は愕然として電話を持ったまま泣き崩れていた。その受話器の向こうで篠沢健一の母親がまるで錯乱したかのように叫んでいた。

「もしもし、もしもし！　とにかく健一のことはあきらめてください！　分かりましたね」

その電話の様子を健一が側で聞いたのだった。

「オフクロ、何を言っているんだ！　香子さんに一度も会ってもいないで、彼女がまるでとんでもなく悪い女のように言うなんて……。もっと自分の息子を信じられないのかよ」

健一はわめくように母親に言い残し、愛車に飛び乗り急発進させ、六〇キロ離れた香子の住む街に向かった。後ろで母親が引き止める声が聞こえたが、健一はそれに構わず車をスタートさせたのだった。

今の健一には香子の心の痛みだけが心配であった。少なくともかなりのショックであったことは間違いないはず。健一は運転しながら、香子とのことを思い起こしていた。

実は学生時代から、健一は香子に密かに想いを寄せていた。そして卒業して一級建築士の資格を取った健一は、人づてに香子が「歌が歌える可愛い店をやりたい」と言っているのを聞きつけたのだった。決意した健一はある日、友人ふたりとともに香子の家を訪ねたのだった。そして店の建築を任せてくれるように熱心に頼み込んだのだった。

香子は健一の熱意に打たれた。以前から香子も爽やかな健一に好感を持っており、さらに健一が母校の先輩でもあるということもあり、店の物件選びから内装に至るまで、すべてを彼に託すことにしたのだった。それからというもの、健一は香子のためになることなら何でも協力するようになった。とにかく長年憧れていた女性が、今目の前でキラキラ光って見える。

店が一日一日と出来上がっていく。何度となくふたりきりになるチャンスはあったが、健一はその胸の内を明かすことができずにいた。しかしそんなある日、思いもかけないチャンスが巡ってきたのだった。

「健一さん！　何だか今日はとっても海が見たくなったわ。思いっきりスイカも食べてみたいし！」

香子が少女のような顔をして、笑いながら健一に語りかけてきた。健一は心の中で、今しかないぞ、と思っていた。

「いいよ、今日は早めに内装工事を終わらせて、俺が海に連れていってやるよ」

「エーッ！　本当？　ウワーッ、嬉しい！」

あの時の顔が浮かぶ健一は香子の住む街に向かい、さらにスピードを上げていった。そして香子と親しくなった頃のことを思い出していたのだ。

その晩、健一と香子のふたりが海に着いた時、あたりはすっかり暗くなっていた。車から降り、入り江に向かって健一が歩いて行くと、香子もその後をついて歩いた。

健一は振り向いた。香子が笑顔を見せて言う。

「夜の海って少し怖いわ」

「大丈夫！　俺がいるじゃないか！」

健一のそんな言葉に香子は笑い返した。

「香ちゃん、俺以前から香ちゃんのことが好きだったんだ。もしこんな俺でよかったら付き合ってもらえないだろうか？」

健一は半分照れながら香子に胸のうちを伝えた。香子は一瞬だまっていたが、それから健一を見つめて口を開いた。

「ありがとう。前から何となくそんな気がしていたの。健一さんがもしかしたら私のこと好きなんじゃないかなって……」

「なんだ！　そうか、分かっていたんだ」

「これから私も心細いことが沢山あると思うの。そんな時、篠沢さんが後ろで支えてくれていたら、きっと頑張れるんじゃないかって思うの」

香子のそんな言葉に、健一は飛び上がらんばかりに喜んだ。

「じゃあ、ＯＫしてくれるんだね？」

「ええ、こちらこそ宜しく！」

「ヤッタァー！」

健一は、握手するように差し出してきた香子の柔らかいしなやかな手を、両手で包み込むようにして嬉しさを表した。

「さぁー、スイカでも買って帰るか～！」

健一の朴訥（ぼくとつ）なエスコートぶりを見ると、香子は一層彼のことが信頼できるような気がしてくるのだった。

そうしてお店がオープンし、香子の女らしい魅力に多くの男性客が目を止めるようになり、香子の店は大繁盛していった。だがそんな男性客の存在も気にとめず、健一は香子のことを信頼していた。

そして一年目を迎えようとしていた。健一は、そろそろ本当に自分だけの香子という存在が欲しくなってきていたのだった。仕事の方も順調にいき、課長から部長へと昇進して、男としての自信もついてきたこともあったろう。そして決心して、健一は香子の誕生日にプロポーズしたのだった。香子は素直に健一のプロポーズを受け入れた。

健一はその夜、香子と別れた後、両親に結婚の意志を伝えるために、実家に帰ってきたのだ。

電話が鳴った。何度か鳴っていたのだろう、香子は力を失いかけていた身体を起こすように電話をとった。

「香！　俺だ、祐だよ。今晩は、今何をしているの……」

「香！　香ちゃん、香ちゃんだろう？」

香子は祐の声を感じとった瞬間、ふりしぼるように言った。

「祐さ……ん。ウワーッ、私死んじゃう！」

「祐」は香子の様子がおかしいことにすぐに気づいていた。たまたま仕事の関係で香子の家の近くまで来たので電話してみたのだったが……。祐は急いで香子の家に向かった。三分ほどで香子の家に到着した「祐」は、玄関で大きな声で香子の名前を呼んだ。だが呼んでも呼んでも香子の声は返ってこなかった。「祐」はあわてた。家のガラス窓を破り家の中に飛び込んだ「祐」の目に、飛び散っていたクスリと電話の前で倒れている香子の姿がとらえられた。

「香！　しっかりしろ、死んじゃ駄目だぞ！」

「祐」は救急車を呼び、ずっと付き添った。


そしてしばらくして健一が香子の家に着いた。その時はまだ近所の主婦たちがひそひそと立ち話をしていた。健一は不安な気持ちに襲われた。急いで合鍵で香子の家に入り、またすぐに飛び出してきた。主婦たちが健一の姿を見て言った。

「すぐに行っておあげなさい。香子ちゃんが病院に担ぎ込まれたのよ」

主婦たちは香子が病気で倒れたと思っている。健一は病院に向かう車の中でいやな予感がしていた。そしてそれは当たっていた。香子の病室には「祐」の姿があったのだ。

香子の店で何度か顔を合わせていたこともあり、健一と祐はお互いに挨拶を交した。健一は祐に深く頭を下げ礼を言った。そんな健一に祐が言った。

「あと五分遅かったら、死に直面していたそうだよ。とにかく命に別状はないそうだ、今は静かにしてあげた方がいいだろう、刺激のないように……」

「祐」はそう言って病院の外に出た。代わって健一が香子の側についた。

「祐」には、香子と健一の間に何があったのか大体の察しはついていた。相談さえできないほど、急激に香子の心を死に追いやった何かがあったことは間違いなかった。「祐」はタバコをふかしながら病院の駐車場で朝を迎えた。

「祐」が香子に初めて会ったのは、友人が経営する店でだった。その友人がむりやり香子に頼んだことから、そのクラブで歌うようになり、そんな香子の第一号のファンが「関崎祐」だった。まだどことなくあどけなさを残し、一曲一曲一生懸命に歌う香子の姿は、男なら誰でも守ってあげたくなるほど、いとおしく見えた。

「祐」以外にも多くのファンを掴んだ香子は、いつしかお店を持つ決意をするようになった。やがて店がオープン。開店のセレモニーには「祐」も招待された。「祐」も大きな花を香子の店先にプレゼントした。開店後も「祐」は建築会社の社長として、東京から来た業者の接待に香子の店を使うなどして、バックアップしてきたのだった。ある時はたちの悪い客から、妹のような香子を身体を張って守ったこともあった。「祐」は香子を想う自分の気持ちに気づいてはいたが、同時に篠沢健一の存在にも薄々気づいていた。

あえて野暮なことはしたくなかった。だが命を助けたとなると、何があったのか真相を知りたくなったのだ。大げさではなく、あの時自分が電話をしていなかったら、間違いなく香子は死んでいたのだ。そう思った時、「祐」は何か大きな巡り合わせのようなものを感ぜずにはいられなかった。

健一はずっと香子の側から離れなかった。

朝を迎えた。そして昼過ぎにさしかかる頃、香子がかすかだが意識を取り戻した。

「あっ、香！　気づいたか。俺、俺が分かるか？」

健一は香子の白く細い指を握り返しながら言った。

香子は呆然としていた。まだうまく話すことができなかった。昨夜の治療の応急対応に口の中はかなり痛んでいたのだ。そして虚ろな目をして香子はかすかにうなずいた。

健一は心からホッとして、繰り返し香子に言った。

「悪かった！　すまない！　ごめんなー！」

その時、院長とともに香子の両親が病室に入ってきた。健一は両親に詫びるように深く頭を下げた。すると香子の母の文枝が健一に向かって静かに口を開いた。

「昨夜のことを院長先生から伺いました。なぜこういうことになったのかは、香子の心と身体がしっかりした後でお尋ねします。今は私どもも命を取りとめたことでほっとしております。あなたも大分お疲れのことと思います。後のことは私どもにお任せいただくとして、お引き取りいただけますでしょうか。本当にお世話になりました。ありがとうございます」

香子の母はそう言って深く頭を下げた。だが香子の父は、病室を出た健一を追いかけるようにして引き止めた。父親として、これほどまでに娘が不憫に思えたことはなかったのだ。彼は娘が健一に何かと世話になり、今まで支えてきてもらっていたことは察しがついていた。だが娘が死と直面したという事実を、このまま見過ごすほど心穏やかではなかったのだ。香子は上の姉ふたりと兄ふたりとは大分年が離れて生まれてきた。それだけに一人娘のように可愛がってきた自慢の娘だったのだ。

健一は香子の父親にこれまでの事情の説明を求められ、昨夜、自分の母親が香子に対する暴言などすべてを涙ながらに告白した。

香子の父親は、深くうなずいて言葉を選ぶように話し出した。

「話しにくかったでしょうに、よく話してくれました。私どもも親として可愛い娘を守っていかなければなりません。今後少しの間は私と家内に任せてください」

香子の父親は考えた。香子の身体と心は癒えるのに時間がかかるだろう。店などは閉めてもいいだろうと……。だが父親にはもうひとり気になる男性がいたのだ。院長の説明によると、香子を病院に運んできてくれた男性は、名前も名乗らずに帰っていったという。それは一体誰なのか？　父親は立ち去ろうとしていた健一を呼び止め、そのことを尋ねた。だが健一もその男性のことは店で出会っただけで名前さえ知らなかったのだ。健一は香子に尋ねるように、と言うしかなかった。

　父親は、親として今すぐにでもお礼を言いたかったが、今、香子の心を刺激するのは必ずしも良くないと判断してしばらく待とうと決めた。昼二時過ぎに、香子の兄と姉が病院に駆けつけてきた。帰りかけていた健一はそのふたりに深く頭を下げ挨拶をした。姉の由美子には一度香子の店で紹介されていたのだ。

「ご無沙汰いたしております。この度はこんなことになってしまって……」

　そう言うしかなかった健一に、兄の洋次がまるで営業マンのような口調で語りかけてきた。

「とにかく妹がご迷惑をおかけしました。後のことは私どもに……。父も母も高齢ですので、私たちが来た次第です。どうかもう気を遣わないでください」

　そのふたりに健一は深く頭を下げることしかできなかった。その夜、健一は実家には戻らなかった。ただ父親には、電話で昨晩から今日にかけて起こったことの重大さだけを説明した。

　姉の由美子は病院から香子の部屋に向かった。入院に必要な身の回りのものを取りにいく必要があったのだ。香子の部屋に入ると、彼女の性格だろう、きちんと片付いている。由美子はバスタオル、石鹸、下着、寝巻きなど大きな紙袋に入れて、奥のベッドルームに入った。そこには一冊の日記が置いてあった。おそらく店から帰って毎日つけていたのだろう。見るともなく見ていると、そこには毎日のお客さまの名前がきちんと書き込まれていた。

その中で一番多かったのが「祐」と書かれていたお客の名前だった。由美子の女の直感にその名前が引っかかった。由美子は香子の何冊もある名刺ホルダーの中から「祐」という名前を探し出した。

(「関崎　祐」あった、この人だ。きっとこの人が香子を助け出したに違いない)

由美子は確信に似たものを抱いて、父親の待つ病院に急いだ。

病室のドアを開けると、母がそっと香子の顔を拭いている。そしてソファーには父親が座っていたが、由美子の顔を見ると救われたように口を開いた。

「由美子、ご苦労だったな。こんな時、男親なんて何の役にも立たないな……」

「お父さん、じゃあちょっと私と外の空気でも吸ってこない」

由美子はそう言って父親を病室の外へ連れ出し、日記に書かれた名前のことと名刺を見せたのだった。

「うん、恐らく間違いないだろう。その社長さんが香子のことを運んでくれたんだろう」

父親は心を落ち着かせ、電話に向かった。

「深見沢源二郎と申します。関崎社長さまをお願いしたいのですが……」

「申し訳ございません。社長は昨夜から出張しておりまして……」

気が抜けた思いがし、源二郎は静かに電話を切った。そこに院長がやってきた。

「何とか元気になられたようです。もう安心なさってください」

そう言って、視線を玄関ロビーに向けた。その顔から笑みがこぼれ、ロビーから入って来た来客に頭を下げた。

「どうも、昨夜はご苦労さまでした」

そこには昨夜香子を病院に運びこんだ、命の恩人の関崎祐、その人がいた。

「深見沢さん、この方ですよ、昨夜娘さんをこちらまで運んでくれた方は……」

言葉が終わる前に源二郎は、名刺を差し出して頭を下げ礼を言った。そして香子の姉、由美子を紹介した。

「本当にこの度のことは何とお礼を申し上げていいのか……。香子に事情を聞けるような状況ではなかったものですから。でも由美子が香子の部屋であなたさまの名刺を見つけ、もしかしたらと、失礼かとは存じましたが会社の方にお電話させていただいたばかりだったのです」

源二郎は言葉を続けた。「祐」は黙ってその言葉を聞いていた。

「もし社長さまに気づいていただけなかったら、きっと香子はこの世にはいられなかったと思います」

源二郎はメガネの奥にハンカチを当てていた。

「さぁ、どうぞ。妹に会ってやってください」

由美子が病室のドアをあけ関崎祐を案内した。

そこには意識が戻った香子が横たわっていた。「祐」はその枕元に近付き優しくそっと語りかけた。

「気がついたんだね、よかった……」

管が口から入れられたままの香子の顔は、かなり腫れ上がり痛々しく見える。香子は言葉が出せなかった、そしてひと筋の涙が頬を伝わった。

「お父さん、お母さんに甘えて……、そしてこの果物でも食べて元気になって！」

「祐」はそう言って大きな果物の籠を傍らの母親に手渡した。母親は和服を上品に着こなし、また父親もダブルのスーツを何気なく着こなしており、ともに気品が漂っていた。

「祐」は、香子の品の良さがこの両親に会って初めて納得できたような気がした。「祐」は香子がめったに生まれてこないサラブレッドのような女性に思えた。

（俺だったら、夜の店を経営するなど許さなかっただろう……）

「祐」がそんなことを考えていた時、香子は母親に一生懸命何かを指示していた。由美子と母親はすぐに気づいたらしく、ノートと鉛筆を香子の手に持たせた。

―祐さん、ありがとうございました―

香子が一生懸命書いたそのメモを見て、「祐」は何度も何度もうなずいた。

そして「祐」は源二郎とともに病室を辞した。廊下で「祐」は父親と母親に、これ以上いてはお疲れになりますから、と言い、深く頭を下げ挨拶した。だがその言葉をさえぎるように、母親の文枝が口を開いた。

「関崎さま、こんな廊下で申し訳ございませんが、昨晩の娘の様子を少しでもお聞かせいただけないでしょうか？　お忙しいとは思いますが、いかがでしょう」

「分かりました。今後のこともあるでしょうから」

「祐」はそう言ってロビーの静かな片隅を選んで、両親とともに座り昨晩の様子などを説明した。「祐」は二十八という若さだったが落ち着いていた。そんな彼を前に両親が口を揃えて言った。

「もうあの娘に店などやらせたくないのです。今回のようなことになったのも水商売という世間の目が原因だったようですし、それだけで娘の幸せが叶わなかったとしたら、香子の真面目な生き方が報われませんので……」

涙ぐむ父親と母親に「祐」は言った。

「でも、香子さんは、夜のお仕事の中でも決して自分が流されるような娘さんではありません。誰がどう声をかけても、たったひとり篠沢さんと心に決めていたようです。ですから、なおさら思い余ってしまったのでしょう」

源二郎がしばらくして「祐」に言った。

「社長さん、ご迷惑でしょうが今後とも娘のことを宜しくお願いいたします。もし近くにでもお見えになった時は……。あの娘の心の置きどころにもなるでしょうし、会ってやってください。親なんていうものは、成長して大人になった子どもにどの程度聞いていいのか迷うものなのです。ですから、厚かましいお願いなのは承知の上なのですが、相談にも乗ってやっていただけますでしょうか？」

父・源二郎も母・文枝もその時、「祐」を心から頼りに思っていたのだった。

その頃、篠沢健一は香子と初めて一緒に来た、大洗の海を見て立ちつくしていた。

「香、俺と別れるなんて絶対に言わないでくれ！　愛しているんだ！」

健一は海に向かって叫んだ。そこには男の無念さが滲んでいる。海の向こうに夕陽が沈んでいく。その頃「祐」は香子の両親の言葉に男として香子を守っていく決心をしていたのだった。

「おふたりのお気持ちはよく分かりました。ですが私としてもまだ若輩者です。どこまで香子さんの力になれるか自信はありませんが、できる限りの相談には乗らせていただきます。ご安心ください」

振り返ってみれば、クラブで歌っている姿を見た時から、香子というひとりの女性の存在が気になっていたのだ。花束を渡した時の手の温もりを今も覚えているほどだった。

だがその後、香子の店のオープンの時に健一を見つめる香子の視線に気づいたとき、「祐」は、(遅かった)と直感したのだ。「祐」はその時から香子のことを妹と思っていくのだった。

……そして今日まで好きと思う気持ちを抑え、それを悟られまいと何気なく、さりげなく振る舞ってきた。だが心を抑えつければ抑えつけるほど、香子の顔を一日たりとも見ずにはいられなかった。健一という存在さえなかったら……。何度となくそう思った。香子のキラキラ輝く笑顔を見ると「祐」はいつも思っていた、幸せなんだろうな、と。

だがたった今、病院の白いベッドの上で見た香子は見るも無残に哀れだったのだ。「祐」は思った。自分の気持ちはもう抑えないと……。

あれから日も経ち、香子は母の文枝とデパートにいた。「祐」へのお礼の品物を選ぶためだった。ふたりは買い物を終えレストランに入った。

「ふたりでデパートなんて何年ぶりかしら？　でも良かった、香ちゃんが元気になって」

「母さん、本当に心配かけたわ」

「まだ健一さんのことは何も解決していないけど……。あれから電話でもしたの？」

「うん、そろそろお話ししなければと思っているんだけど……」

文枝は香子の額に滲む汗を見て、扇子を取り出しあおいだ。

「でも本当に良かった。こんなに元気になったのは、誰かさんのおかげじゃないのかしら。あんなにお礼の品物選びに時間をかけたりして……」

元気な香子に文枝がからかうように言った。

「違うわ。こんなこと初めてだから戸惑ってしまっただけよ」

「そういうことにしておきましょうね」

文枝は心から嬉しかったのだ。四十歳を過ぎてからの出産で初産の時のように苦しんだ、それだけに可愛くていつも手元に置いておきたいくらいだったのだ。思えば香子がクラブで歌うようになってから、何かが変わっていった。夜遅くなるのを気にして、ひとり暮らしを始めることに決めた時も父の源二郎は大反対した。だが文枝と長女の由美子が、香子を応援して父の許しを得たのだった。

病院から退院して一か月、文枝は心ゆくまで香子と話し合い、毎日、母の手料理も久しぶりに味わった。日ごと元気を取り戻していく香子を見ていると、心の底から安堵感がわき上がってきた。それもすべてあの人のおかげ、文枝は「祐」への感謝の買い物を済ませると家路に急いだ。

一方、父・源二郎は、この一か月は香子の店の店じまいのため奔走していた。従業員をそのまま引き取ってもらうために、知り合いに頼んで、店を譲り渡し、何もかも落ち着きを取り戻し始めていた。

家に戻り、香子がベランダの花に水をやっていると電話が鳴った。

「祐」さんから……。心の中でつぶやいて香子は受話器を取った。だがその電話は健一からだった。事件から初めての電話だったのだ。心配している健一の誠実な気持ちが伝わってきた。香子は元気を取り戻した頃から考えていたことを、優しく健一に伝えた。

「健一さん、一度だけお母さまに会わせて！　このままではお母さまだって傷ついていると思うの。結果はどうあれ、きちんと向かい合ってみたいの」

「ありがとう。香のその優しさに感謝するよ。すっかり立ち直ったようだね。香ちゃんは強いね。いいよ、分かった。すぐにオフクロに伝える。こっちはいつでもいいからね」

健一は香子の心の奥深くをのぞこうともせず、安心して嬉しそうに電話を切った。

だが、香子が健一の母親に会う決心をしたのは、自分なりにかなり悩んだ上でのことだったのだ。母親の文枝に、健一の母親に会うことを伝えたのも、「祐」へのお礼の買い物の後だった。香子の思いを知った文枝は心配そうな表情で香子の顔をのぞき込んだ。香子は笑顔で母親を安心させた。そこには何の迷いも見られなかった。香子は本当に生まれ変わっていたのだ。もちろんその考えは、兄のように香子を気遣ってきてくれた「祐」にも伝えてあり、賛成してもらっていた。

「いい考えだと思う。結婚する、しないはともかく、女だってけじめが必要だと思う。最後に深見沢香子という女性がどんな女性なのか、しっかり相手に焼きつけてくるがいい」

香子が自分の考えを「祐」に伝えた時、彼は笑みさえ浮かべながらそう答えてくれた。

香子は健一の実家を訪ねた。健一が玄関に迎えに出て、部屋に案内された香子にお茶が運ばれてきた。香子はそこで改めて健一の母親に挨拶をした。

「先日は、私の身勝手な言い方であなたに苦しい思いをさせてしまいました。申し訳ありませんでした。お詫びします。でもやはり私は健一とあなたを一緒にさせる気はありません」

健一の母親が下を向いたまま、そう言った時、香子の瞳から涙がみるみる溢れ出した。だが香子はその瞳に力を入れてこう言った。

「分かっていました。でも最後まで望みをつないで今日ここにやって参りました。どうしてもご理解いただけないのでしたら、今後もう健一さんにはお目にかかりません。お母さま、ご安心ください。では失礼いたします」

香子が立ち上がると、健一の母親はあわてたように引き止めた。健一はただ黙ってふたりの様子を見ているだけだった。香子はそんな健一の姿にやり切れなさを感じて、その場から逃げるように玄関を飛び出し、タクシーに飛び乗った。香子はいっときでも早くその場から立ち去りたかった。香子は二時間のタクシーの中でただ泣き続けていた。

自宅に戻った香子は、母の文枝に電話を入れた。心の拠り所がなければまた闇の中に吸い込まれていってしまいそうだったのだ。香子は文枝の声を聞いて、私にもこんなに素晴らしい母親がいるんだ、そう思っていた。

「母さん、やっぱり結婚できそうもないわ。でもいいの、これですっきりしたし、決心もついたわ。父さんにもそう伝えておいて！」

香子が母親との電話を切ると間もなく「祐」から電話が入った。「祐」はこの日ほとんど仕事が手に付かなかったという。そんな気持ちを隠した「祐」の力強い声が響いてきた。

「香、どうだった？　大丈夫か」

「祐」は今すぐ家に来ると言ったが、香子はひとりでいる時間が必要だと伝えて「祐」の申し出を断った。香子はひとりで悲しみと闘いたかったのだ。健一との別れを自分の中で納得させたかった。

その時、チャイムが鳴り玄関のドアが開く音が聞こえた。健一があわてたように入ってきたのだった。香子はあわてて涙を拭った。

「香！　今日は何もできず意気地がなくて悪かった。でも、家も仕事もすべて捨てて来た。どこか知らない土地で、ふたりだけでやり直そう。俺は香と別れるくらいなら、オフクロでも何でも失ってもいいんだ。いつか分かってくれる時が来る、その時まで俺たちだけで暮らそう！」

健一は男泣きしながら香子を抱きしめて言った。だが香子は静かに自分の気持ちを伝えた。

「健一さん、私たちお母さんを苦しめるのはやめましょう。たとえどこで暮らしても心の底から幸せにはなれないわ。私、今日お母さんに約束したわ。今お母さまはきっとほっとしている反面、心のどこかで辛い思いをしていると思うの。お願い、今日はひとりでいたいの」

健一は先日のことを思い出していた。

「分かった、無理を言って悪かった。また電話するからね」

健一の車のエンジンの音が香子の耳から離れていった。時計を見ると明け方の五時近くになっていた。健一と香子はとことん話し合うこともなかった。ただ、香子の涙が収まるのを健一は静かに見届けてから帰っていったのだ。

だが、香子の家から少し離れた草かげの中で「祐」の白い車が、ずっと香子の部屋の灯りを見詰めていたのだった。そしてそれは誰にも知られることはなかった。

一週間後、香子は引っ越すことを決意した。

健一への思いは決していい加減なものではなかった。助かることさえなかったら、文字通り命を賭けた恋だったのだ。初恋とも言える一途な恋は、ついに実ることがなかった。そして香子は自分の心の中に「祐」に対する微妙な女心が見え隠れし出したことを感じ始めていたのだった。その健一は、後に平成十一年になっても独身を守り、親の勧める見合い話をことごとく拒否しているという。健一は香子と別れて以来、誰にも振り向かず、香子ひとりの姿だけを心に宿して生きているというのだ。

そんな原因を作った健一の母親は、病床で言い続けていた。

「この世にひとつだけ後悔していることがある。あの時、私が健一と香子さんの結婚を認めてあげなかったこと。私が理解していたら、今ごろ健一も人並みの温かい家庭を築いていただろうに……。結婚せずに今でも香子さんのことを思い続ける息子を見ると、死んでも死に切れない。みんな私が悪かった。あんな素晴らしい女性だったのに、私が意地を張って認めてあげなかったから……。なんて子不幸な親だったんだろう」

「健一は、きっと私を恨んでいるだろう。健一がふたりきりでどこかで暮らそうと言った時、香子さんは、私を悲しませることはできないと泣いたそうです。私は二年ほど経って、息子からその話を聞かされた時、心臓の止まる思いがしました。今ひとたび香子さんにお目にかかって心から謝りたい」

健一の母・菊子は知人にこう言っていたという。その菊子も六十五歳の秋、茨城県勝田市で永眠したという。合掌……。

その健一の母の死に遡ること二十年。健一と別れ、両親の反対を押し切って上京。不安と希望を胸に、東京でのひとり暮らしをスタートさせていた。東京に荷物が着く頃には香子の二十歳も終わりを迎える。

東京の目黒の街灯りが静かに香子を迎えてくれた。香子は権之助坂を少し下った所にある白いマンションの下に着いた。胸がドキドキしているのを感じていた。

「今日から私は都会人として頑張らなければ……」

こんな都会では押し流されそうな心細さも感じた。

「頑張るわ！」

香子は二十歳の顔に力を込めてつぶやいていた。

# 第三章　運　命

　年が明けて、初荷で届けられたのだろう、美しい花が店先に並んでいた。香子は真っ赤なバラを手にしていた。そして店の奥の花屋の主人に声をかけた。

「あっ、おじさん。このマーガレットの花をバスケットにコーディネートして、この住所に送ってください。明日、母の誕生日なの、なんとか間に合わせてください。お願いします！」

　ここ半年ですっかり顔馴染みになったおじさんにそう告げると、香子は部屋に飾る真っ赤なバラを小脇に抱えて権之助坂を歩き出した。寒い、香子はコートの襟を立てながらふっと道の向こうに目をやった。誰かが香子のことを見て大きく手を振っている。香子は立ち止まって、自分の目を疑った。道路をはさんだ喫茶店の前に見慣れた男の姿があったのだ。

「えっ、あれは祐さん？　どうして私の家の近くに祐さんがいるんだろう」

香子の胸の中に熱いものが込み上げてきた。この正月は実家にも帰らず、ひとりで東京にいたのだ。人恋しいとは思いながらも、年明けを迎えた。

「祐」は香子の方へ駆け足でやってきた。

「祐さん」

香子は飛びつきたい気持ちをこらえて、祐の側に駆け寄った。そこには紛れもなく、半年前のあの夜の命の恩人「祐」の姿があった。香子の目の中いっぱいに「祐」の姿が飛び込んできた。

「香、久しぶりだね。やっと逢えたよ」

「祐」はハアハアと息をしている。

「祐さん、どうしてここが分かったの？」

「うん、今日、香のお父さんとお母さんのところにお年始の挨拶に行ったんだ。そしたら東京に行くなら荷物になるけどって、お節料理を届けるように頼まれたんだ。住所もこの紙に書いてくれて……。はい、確かにお届けしましたよ」

「祐」は笑っていた。

「まぁ、なんて図々しくてのんきなお母さんなんでしょう」

香子は申し訳なさそうに「祐」に礼を言った。そして同時に母親の作戦が読めてきていたのだった。

「おかげで香の住所が分かって、俺嬉しかったよ。香から手紙を貰った時、住所が書いてなかっただろう。まだ俺には教えたくなかったのかなぁって、俺らしくもなく悩んでいたんだ。いい年してさぁ」

確かに東京に旅立つ時、命の恩人でもある「祐」に電話の一本も入れずに黙って来てしまったのだ。言えば「祐」に引き止められる、言えば辛くなることも分かっていた。そして東京に来て一か月が過ぎた頃、「祐」に出した近況を知らせる手紙にも住所を書かなかったのだ。

「でも、どうして東京に?」

香子は怪訝そうにそう言って「祐」を見た。

「実は今度うちの会社に来てもらうことになった専務と会うためなんだ。あっ、そうだ、こちらが流山専務」

「祐」はそう言って、彼の後を追うように付いてきたひとりの男を香子に紹介した。

「祐さん、お時間があるなら私の部屋でお茶でも！　狭い部屋ですが、流山さまももしよかったらご一緒に」

若いながらも見事な挨拶をする香子に、流山もうっとりするように見とれている。「祐」

はその視線に気づいたのか、

「香。今日はまだ打ち合わせがあるんだ。今夜は都内のホテルをとってあるから、ひとまずホテルに帰るよ。とにかくお母さんとの約束は果たしたからね。今日はゆっくりと、ふるさとの味を楽しむがいい。じゃあね」

「祐」はそう言って立ち去っていった。香子は「祐」に礼を言いながらもほっとしていた。実は流山にあまりいい印象を持てなかったからである。

翌日、電話が鳴り響いた。「祐」からであった。そして一時間もしないうちにチャイムが鳴った。

「いらっしゃいませ!」

香子は待ちかねていたように「祐」を迎えた。可愛いリビングには真っ赤なバラの花がゆったりと飾られ、その爽やかな花の香りが「祐」を心地よく迎えた。

「そうか、こんなところで半年も俺に黙って暮らしていたのか。香は俺を本当に寂しくさせるよな」

「祐」はそう言って、ほっとしたように笑った。「祐」の背広をさりげなく受け取りハンガーに掛けた。そして茶湯を出しながら「祐」に尋ねた。

「祐さん、昨日言っていた、私に話があるって何?　どんな事かしら」

香子は、どんなことでも聞き入れようと昨夜から心していたのだった。半年前のあの夜「命を賭けた恋」、死の淵をさまよったあの一昼夜、香子にとって「祐」は命の恩人だったから……。いや、それだけではなかった。以前、香子が茨城でお店を経営していた時も、健一とは正反対の男らしさを「祐」に感じて頼もしく思っていた。そして心のどこかでいつかこんな日が来るのでは、という予感があったのだ。

あの時、あのまま田舎の生活を続けていたら、健一との別れの傷を拭うようにきっと、「祐」の魅力に引き込まれていく。香子は自分にとっても、健一にとっても、そして「祐」にとっても、そうなることは一番哀しいことのように思えた。だから誰にも告げずに東京での生活を始めたのだった。

「祐さん、ワインでも少しどう？」

香子の嬉しそうな顔に、「祐」も笑顔でＯＫを出した。そして部屋の中を見ていた。香子はそれが恥ずかしかった。

「もうすぐお昼だわ。何か急いで作るから食べていってね」

香子は手際よく「祐」の好物を作り、テーブルの上に並べた。

「懐かしいな、香の手料理。前はお店で俺の好きなものを作ってよく出してくれたよね」

「祐」はワインの酔いに心が溶け出したのか、自分の気持ちをゆっくりと話し出していた。

「香が黙って東京に行ってしまって本当に寂しかった。俺も何回となく東京に行こうかと思い悩んできたんだ。今まで香は妹なんだ、妹なんだって自分に言い聞かせてきたけど、感情なんてごまかせやしない。好きなものは好きなんだ！　こんな俺の思い、今なら伝えてもいいだろう」

「祐」は純粋な少年のような瞳をしていた。

「世の中にはもちろん大勢の女性がいる。でも本当にこの人だって思える女性は数限られる。だから、好きだっていう気持ちがたまらなく喜びであると同時に、寂しさでもあるんだ。でも俺はそれでいいと思っている。こんな話が香にしてみたかったんだ」

「祐さん、私のことをそこまで思っていてくれたの……。でも私思うんです。やはりこうして東京に出てきてよかったって。東京に来てみて、友達もさほど多くはないし、寂しいと思う時もあるけれど、あのまま田舎にいたら私自身が新しい人生に出発できなかったと思う。両親にも心配をかけてしまったもの。だから今、父と母に会う時はすっかり大人になった姿を見てもらいたいし……。過ぎてしまった日々をこの部屋で考えるたびに気づいたこともあるの……」

香子は少し間をおき、言葉を続けた。

「健一さんとの別れにあんなに毅然となれたのは、私の中で大きな力で支えてくれた何かがあったの。それは父でも母でもなく、女の私にとっての何かだったの。そしてそれが今なんだったか、はっきりと自分でも分かったわ」

「祐」はそれが何かを知りたいかのように尋ねた。

「香、それは何？」

「今だから言います。私、祐さんのことを好きになってしまっていたの……」

香子はそう言い終えるとキッチンの方に小走りに去った。「祐」は口まで運びかけていたワインをむせたように止め、そして香子を追いかけていた。

「なんて言ったの？　今もう一度言ってくれるかい」

「祐」は驚きを隠さなかったし、嬉しさも隠さなかった。「祐」はもう誰にも香子を渡すものかと自分の心に決めていた。東京と茨城という遠距離恋愛という不安感もあったが、多くの従業員を預かる経営者である以上、それも仕方なかった。東京には住むわけにはいかないのだ。

「俺は早速、香子のご両親にこれからのふたりの気持ちを伝える。いいだろう。男のけじめとしてそうしたいんだ」

「えぇ、でも両親は私の気持ちに、とっくに気づいていると思うの」

そう言って香子は明るく笑った。こんな笑みは一体、いつ以来なのだろう。

「香のお父さん、立派だからなぁ。俺の気持ちを理解してくれるといいんだけど……」

「祐」は香子の父・源二郎を思い出してリビングに飾られた香子の家族の写真を見ていた。そこに健一の写真がなかったことに「祐」は少し安心していた。香子が「祐」の顔を見て微笑んでいる。

「何なんだい、香。思い出し笑いなんかして」

「いつか母がしみじみと言っていたの。祐さんが若い頃の父にそっくりだって。父にもそう言ったみたい」

香子はそう言ってアルバムを取り出して写真を見せた。

「本当に似ているわ、そっくり。母がいつも言っていたの。香子はお父さん子だからきっとお父さんに似ている人と結婚するかもしれないって！」

「祐」もまたそのアルバムに見入っている。

「香のお母さんの若い頃だって、今の香にそっくりだよ！　へぇー」

「祐さんが私の父が立派だって気おくれするなんておかしい。父だって祐さんと同じ年の頃にはそんな感じだったたっていうわ」

香子は父に改めて会う「祐」の気持ちを励ますように言った。また「祐」も香子の母親の文枝に会った時に、香子も品のいい和服を着こなす、いい女房になるだろうと感じていたのだ。文枝の物腰の品の良さも香子に自然に備わっている。そして父親の源二郎の風格さえ、祐にとっては憧れともいえるものになっていたのだった。

「光栄だよ。香の親父さんに似ているって言われるなんて」

「祐」は満足気にネクタイを締め直していた。香子はその姿を見て言った。

「祐さん、今日はこの後どうなっているの？」

「うん、ゆっくりしたいんだけど、会社に明日から新しい専務が来る、昨日紹介した流山さんだ。そんなわけで今から帰って会議をしなければならない。五時までには会社に着くように電車に乗らなければならないんだ。まさか香の気持ちが俺と同じだなんて……。いつかはどうしても俺の気持ちを伝えたいって思っていたけど、香のお母さんのおかげでこんなに早く気持ちが伝えられたよ。とにかく会社が落ち着いたら、時間を取ってまた逢いに来る。香が田舎に帰ってくるのが一番安心なんだけど、そうもいかない。香の気持ちを今は第一に考えるべきだと思っているからね。帰ったら香の両親にご挨拶しておくよ」

「祐」は背広を着た。タバコの香りが一層の寂しさを誘った。この部屋でやっと話相手がいた。それも一生側にいたいほど好きになっていく「祐」。その姿が何秒後にはこの部屋から消えていってしまう。わずか一時間足らずで……。

「電話は毎日するからね！」

「祐」は香子の肩に手を置いてそう告げた。急に恋人扱いをしていいものか、「祐」は照れていたのだ。香子は涙さえ浮かべていた、そしてドアをその身体で塞いだ。

「香、好きだ。好きだった、ずっと前から。もう誰にも渡しはしないから……」

「祐」は香子の身体を抱きしめていた。そして香子は「祐」の男らしい香りに震えていた。

ふたりは別れを惜しむかのように駅までの道を歩いた。香子は心から幸せを感じていた。

そして「祐」も……。


一か月が過ぎた頃、昼休みを見計らったように電話がかかってきた。「祐」は嬉しそうだった。

「香、やっと休みが取れるぞ！　旅行に行こう。明日そっちへ行くからどこに行きたいのか考えておいて、いいね」

「えっ、本当なの」

香子はその夜あまり眠ることができず、昼間に旅行会社から貰ってきた、パンフレットをベッドの上に広げて、あれこれ夢見るようにふたりの旅を思い描いていた。そして日本海、金沢へ行きたいと決めていたのだった。

その同じ夜、「祐」は香子の両親の元を訪ね、改めて香子との交際を認めてもらい、父・源二郎と楽しい酒を酌み交わしていた。もちろん両親もふたりの交際には賛成であり、十年近い年の差も甘えん坊の香子には丁度いいかもしれない、と考えていた。

ふたりの金沢への旅がこうして始まったのだ。もちろん、ふたりにとっては最高の思い出を作ることができた旅だったことは、いうまでもなかった。

ふたりの愛は順調に育まれていった。だが「祐」には、たったひとつだけ香子に対して不満があった。「祐」は何度となく田舎に帰ってくるように言ったのだが、香子はそれだけには首を縦に振らなかったのだ。それは、風の便りで健一が今だに香子のことを思い続けていると聞いていたからだった。香子の友人が教えてくれたその噂では、

「俺は一生誰とも結婚なんてしない。俺の心の中には香ちゃんがいるんだから……」

健一は、時には酔いながらそう言っているというのだ。あれから何年も月日が経とうとしているのに、健一の心は癒されていなかった。

香子の友人が言った。

「香ちゃんは東京に行って正解だったわよ。思い出のある所にいたら、なかなか立ち直れないものよ」

確かに香子も田舎にいたら、健一との愛の生活があったあの街にいたら、いまだに健一のことを忘れ切れずにいたかもしれないのだ。そしてそれだけではなく、住んでみると東京の街が香子には合っていたのだ。越してきて間もなく友人も何人かできていた。

そんな友達のひとりに音楽関係者がいて、香子が以前、田舎町ではあったがシンガーであったことを聞くと、香子の意志とは関係なく、大きなクラブのオーディションを受ける手続きまでとってくれ、まるでマネージャーのように動いてくれる。聞くとギャラも結構な額になるということもあって、生活のことも考え、香子は改めてピアノなども練習しだした。そして「祐」ともしばらくは一緒に生活できないという寂しさのせいもあり、いつしか沢山の作詞も手がけるようになっていった。

ある時チャンスがあり、レコード会社のディレクターと会うことができた時、その詞を見せた。白鬚白髪のディレクターは香子にこう言った。

「あなたは将来、作詞家としても成功すると思います。一行、一行の詞の中にとても輝きが見えます。もっともっと書き続けて磨きをかけていくといいよ」

その言葉は、一人暮らしの寂しさをまぎらわすかのように始めた作詞の勉強に大きな弾みを付けてくれた。自信が湧いてきたのだった。香子は日々音楽と向き合い、ひとつの作品を誕生させることに心を奪われていった。そしてこのことが、この先、人生の大きな分かれ道になろうとは、この時は予測することさえできなかった。田舎に帰れない香子には、「祐」と離れて暮らす時間を音楽で埋めることしかできなかったのである。

書き物をする手を休めて、ふっとあの頃のことを思い出していた。

香子が茨城のあの街でお店を開いていた頃、「祐」は毎晩のように業者とともに店に顔を見せていた。自分の経営する会社をより発展させるために全力で頑張っていたのだった。もちろん香子もそのことを知っていて、「祐」の大切な客に一生懸命に、しかも出過ぎずに後ろから支えていたのだ。そしてそんな「祐」の努力のせいもあり、「祐」の会社はどんどん大きくなっていった。

今こうしている間もきっと「祐」は、自分の時間も取らずに頑張っているに違いない、香子はそう思っていた。若くして社長になった「祐」には、人一倍の努力と頑張りが必要であった。本人もそれをはっきりと自覚していたのだ。そしてそんな努力が、多くの人に認められ成功していくのだった。だが、身体も大きく、声も低くどっしりとした言い回しは、三十歳そこそこという年齢以上の貫禄を感じさせる時があった。それも努力と自信の現れだったのだろう。

香子はベランダに出た。夜風が肌に冷たい。その時、電話の音が聞こえてきた。十二時が回った頃だった。

「あっ、祐さん。こんなに夜遅くまでご苦労さまです」

「香、明日から三日間の休みが取れたぞ。旅行にでも行ってこよう」

「祐」との電話を切ると、香子はふたたびベランダに出た。四月半ば、まだ少し夜の風が染みる、そんな夜だった。でも金沢の兼六園の桜の花は今が見頃かもしれない、香子は冬の日本海を思い出していた。

次の日、「祐」は昼過ぎに香子の部屋にやって来た。香子は「祐」の顔を見るなり、金沢の桜が見たいと言った。「祐」はふたつ返事でOKをしてくれた。香子は思わず「祐」の肩にぶら下がるようにして喜んだ。だが、ソファーに座っていた「祐」はなぜか落ち着かない様子だった。

「香！　この部屋に入った時、全部でいくらかかったんだ？」

「えっ、どうして。確か百三十万円くらいだったと思うけど……」

「祐」は黒いかばんの中から三百万円を取り出して黙って香子に手渡した。香子は驚いてそのお金を「祐」に押し返した。

「香！　俺の勝手で申し訳ないが受け取ってくれないか。香のことはすべて俺が守っていたいんだ。今後の家賃、生活費、これは男としてのけじめなんだ。その代わり香がアルバイトして稼いだ金は洋服を買うなり、化粧品を買うなり自由に使ってくれればいい。そうしないと俺はこの部屋に来て、借りてきた猫になってしまうよ。こんな大きな身体をこうして小さくしなければならないだろう」

そう言って「祐」はソファーの上で小さく丸まった仕草をして笑った。

「分かりました。それで祐さんがここに来て主人になれる気がするなら私も嬉しいわ」

「祐」が初めて東京の香子の部屋を訪ねてから、四か月を過ぎようとしていた。ふたりの夜の会話は夜遅くまでも続いていた。そして朝の目覚めとともにふたりは、早春の金沢へと旅立っていったのだった。


金沢への旅はふたりの気持ちを一層結びつけたようだった。「祐」はいつものように会社に力を注ぐ生活に戻っていた。香子の気持ちが田舎に戻れるようになるまで、離れて心を通い合わすより他に取る道がなかったのだ。だが、香子はひとり暮らしをしているとはいえ、やはり「祐」に守られていることで心にゆとりが出てきていた。

春の金沢の旅行から三か月が過ぎようとしていた。明日は土曜日、「祐」が帰ってくる日だった。香子は新しいワインを買ってきた。そしてキッチンに立ち、いそいそと翌日の準備にかかっていた。グラスを洗い、そっと白いフキンの上に立てかけようとした、その時……。

ガッチャーン!!

慎重にしていたつもりだったが、香子はお気に入りのグラスを割ってしまったのである。グラスの破片で切ったのだろう、香子の指からさっと一筋の血が流れた。大した怪我ではなかった。だが一瞬、血の気が引いたのだ。香子の中にふと悪い予感がよぎった。

空を見ると、さっきまでその姿を見せていた夏の太陽は、今はすっかり鉛色の雲に覆われている。夏の嵐になっていた。香子はあわてて洗濯物を取り込んだ。部屋のからくり時計が四時を知らせていた。

電話が鳴った。香子は思わずハッと息を止めた。

(どうしたんだろう、今日の私)

香子がひとり言を言いながら電話に出ると、「祐」の悲痛にみちた声が響いてきた。

「香！　会社が、会社が倒産してしまった」

「祐」は電話の向こうで男泣きに泣いていた。

「えっ？　どういうこと。祐さん、何があったの？」

香子は受話器をしっかりと握り直した。香子の心臓が大きく波打った。これが夢であればいい、そう思った。でも現実だという。その事実に香子も泣いた。今すぐにでも飛んで行きたかった。その気持ちを「祐」に伝えるのがやっとだった。

「明日はいつものようにはいかない。東京には行くことはできないが、必ず電話で指示をするから、それまで香子はそこにいなさい。今度のことは会った時に説明する。とにかく心配しないで待っていてくれ！　いいね」

「祐」は涙をこらえるように、そして心を立て直すように香子に言い聞かせていた。電話を切ると香子は呆然としてしまい、身体の力が抜けていくのを感じていた。

「祐」の身体が心配になった。眠れないほどの心労が続いたはず。そう思うと香子はいても立ってもいられなかった。香子は受話器を取った。だがすぐにその手を置いた。

（落ち着かなくては……）

香子は自分に言い聞かせていた。

父・源二郎になぜかすがりたい思いが先にたった。「祐」の今の哀しみ、無念さを晴らすためになんとかしたい、力になりたい。そう思った時、父・源二郎の顔が浮かんだのだった。だが同時に、すぐに自分に言い聞かせて電話をするのを止めていた。「祐」が自分の指示を待つように言ったことを思い出したのだ。もしここで私が先走ったことをしたら、かえって「祐」さんの心を傷つけてしまうかもしれない。香子は気を取り直した。

すると電話が鳴った。香子はすがりつくように恐る恐る電話を取った。

「香！　父さんだ。元気でいたのか？　実は今からとても大切なことを伝えるから、よく聞きなさい、いいね」

「はい」

「関崎祐さんの会社の、流山という専務が悪事を働いていることが分かったんだ。あの男、以前から街の有力者には評判が良くなかったんだ。父さんは、お前の大切な祐さんにもしものことがあっては、と思い、いろいろ調べた。今ここにその調査報告書がある。香、だからしっかり祐さんに伝えるんだ。そしてこのことは誰にも言ってはならない。分かったね。あっ、それからこっちはみんな元気だから……。じゃあ、身体に気をつけて」

源二郎は低く響きのある声で香子に用件を伝え、電話を切ろうとした。

「あっ、お父さん待って！　今日実は、祐さんの会社が、会社が倒産してしまって……!!たった今さっき、祐さんから泣いて電話があったの。無念だ、残念だ、悔しいって……」

香子はそこまで言うと泣き崩れてしまった。

「そうか、遅かったか！　香、しっかりしなさい。こんな時こそ、祐さんの心の支えになってあげられなくてどうするんだ。お前ができることは、祐さんがやって来た時、彼をしっかり休ませてあげることなんだぞ。分かったね、香！　父さんもかつて経験がある。大昔のことだが、その時さりげなく支えてくれた母さんの愛情がバネになって、父さんはそのエネルギーで立ち直った。そして今もそのことが忘れられんのだ」

「父さん。ありがとう」

　源二郎は電話を切ると文枝に言った。

「関崎さんの会社が倒産した。後のことが大事だ！　いずれ娘婿になる彼のために、最悪の事態を考えて助けてあげたい。どんな援助でもして彼を全力で守りたい！　いいね、母さん」

　源二郎はゆっくりと茶湯を飲みながら和服の袖を直し、両手を組んだ。

「分かりました。祐さんは香子の命の恩人でもあり、大切な恋人です。私たちも自分の命に代えても守ってあげましょう」

　母の文枝はゆっくりと一言一言を気強く話し、心を落ち着かせた。外見から窺える品の良さには似合わないほど、度胸の良さを秘めた女性であったのだ。

　三十五年前のことだった。源二郎の会社が倒産したことがあったのだ。母の文枝は自分の持ち物すべてを投げ打って、従業員の生活を守った。そして会社を立て直すまで、あちらこちらと頭を下げて歩き、従業員の働く場所を探し歩き、ひとりの従業員も飢えることなく済んだということがあった。もちろん、その間源二郎の必死の努力と頑張りで、会社もみるみるうちに立ち直り、三年後には見事なまでに成長した会社になっていた。源二郎の持つ大きさと同時に、文枝の持つ愛情が従業員全員に染み通っていったのだ。全従業員が会社に戻ってきて、主人と自分たちのために必死になって汗を流したのだ。

それ以来、源二郎の口癖は「社員は我が子だ」であった。そして今、百七十名を超える「子ども」が源二郎と文枝の生き甲斐になっていたのだ。思い起こせば「祐」の今の年齢があの時の源二郎と同じ年であったのだ。源二郎と文枝は何か運命的なものを感じていた。

香子はその頃、身支度を始めていた。もしかしたら、実家に帰らなければならない、そんな気がしたのだ。だが、その夜、「祐」は香子の元に帰ってきた。倒産は経理担当者と専務・流山が巧妙に仕組んだ末の会社乗っ取りによる倒産だったのだ。

確かに「祐」の会社は順調に発展してきていた。今日の段階で誰ひとりとして「祐」から離れていく従業員はいなかったという。だが、こういう事態となった今となっては、それが「祐」の心をより切なくしているのでもあった。香子にはあの大きな「祐」が一回りも小さく見えた。香子はうなだれる「祐」を熱めのお湯をはったバスタブに入るよう勧めた。そしてその後でバスローブを羽織らせ、グラスにウイスキーを注いで手渡した。

「ありがとう」

「祐」はそう言ってウイスキーをゆっくりと口に運んだ。「祐」がその重い口を開いた。

「香、俺はもう田舎には帰れない。この東京でなんとかもう一度頑張ってみたい。もしかしたら形がつくまで結婚は延期しなければならないかもしれない。待ってくれるか？」

祐は力のこもった目で香子の目を見据えた。

「祐さん、こんな時に私のことなんかいいの。それより従業員さんたちのこと先に考えてあげて！」

香子はふと遠くを見るような目をした。「祐」の会社の従業員を源二郎の会社で引き取ってもらえたら……。そう考えていたのだ。もちろん了解してくれたらの話だったが……。だが、今はそのことは口に出せなかった。

香子は手早く食事の用意をした。香子の用意した手料理の味が「祐」の心と身体の空腹を静かに満たしていた。その夜「祐」は死んだように眠り続けた。

翌朝、香子は「祐」とともに父・源二郎の待つ実家へと急いだ。母の文枝も首を長くして待っていた。ガレージで車のエンジンの音を聞くと、文枝は玄関から転げるように出てきた。

「祐さん、お疲れさまです。さぁ、どうぞ。主人が待ちかねているわ」

文枝は結城紬の和服を着ていた。長い中廊下に文枝の着物が放つ衣ずれの音が響いていた。香子はその衣ずれの音を聞いて思った、母さんの音だと。小さい頃から聞いてきた衣ずれの音、その母にまた心配をかけている。香子の目から涙が溢れてきた。

源二郎は両腕を組んで静かに待っていた。ふたりの話し合いは二時間ほど続いた。そして結論が出た。行く当てのなくなった従業員百名近くは源二郎の会社が引き取ることになり、そのための手配を長男・洋次と長女の由美子が行うことになった。「祐」が今回の倒産で背負った三億円の借金も、持ち株と土地の処分などでその返済に充て、借金を残さずに済んだのだった。源二郎が「祐」にその場を和ますかのように話しかけてきた。

「祐さん、君は幸せものだよ。従業員は誰ひとり、謀反を起こした流山についていかなかった。実は余計なことかもしれんが、今後のことを家内とも話したんだ。どうだろう、思い切って東京で出直してみたら？　香子もその方が安心できるだろうし、君もそれがいいだろう。なに、若いふたりだ。まだこれからどうにでもなると思うがね。今すぐ答えは出さなくてもよい。考えてみてくれるかな」

静かにその様子を見守っていた文枝が口を開いた。

「祐さん。あなたは私たちにとってもう息子も同然なのよ。後の処理は私たちに任せて、自分たちの今後のことを考えてみたらいかがかしら。ねぇ、そうしなさい」

「祐」は文枝が眩しかった。まるで観音菩薩のように光り輝いて美しかったのだ。

「実はそのことなんですが、昨夜、香ちゃんとふたりで話し合ったんです。この際、東京で出直そうって……」

「祐」の言葉に香子も身を乗り出すようにして続けた。

「父さん、母さん。大変な苦労ばかりかけるけど、私は祐さんと一緒に暮らしたいの。たとえ結婚式が挙げられなくてもいいの」

香子はそこまで言うと涙がとめどなく溢れた。源二郎も「祐」を守るという気持ちと、彼を思う娘の気持ちを考え、じっと唇をかみしめていたのだった。

「祐」は会社の整理と後片付けに一か月ほどかかった。源二郎に引き継ぐことになったかつての従業員たちにも挨拶を済ませ、香子の待つ東京へと旅立って行った。

香子は「祐」を迎えに出ていた。そして一冊の預金通帳を手渡した。

「どうしたんだい？」

「いつか祐さんがこの部屋のためにって渡してくれたもの」

「あぁ、そうか。使わないで貯金してたのか。でも香、お金のことは心配しなくていいんだ。一か月間、俺なりに今までの未収金を回収してきたからね。今ここに五千六百万円ほどあるんだ」

そう言って「祐」は預金通帳を香子に手渡した。香子もほっとしたように笑顔を見せていた。

「俺は男だ。なんとかもう一度会社を新しく興したい。そのためにも借家暮らしはもったいないから、これを元手にして家を買うことにしよう。俺は倒産した会社の元社長だから、銀行がローンを通してくれない。だから君の名義にしておけばいい」

「祐さん、ありがとう」

「香子、一度倒産すると五年間は銀行取引ができないんだ。だからこの五年間で、俺はしっかり東京の業者とのパイプを太くして新会社の基礎を固めるようにする。だから、もし俺が夜帰るのが遅くなっても心配しないでくれ。男にとっては、仕事が終わってからが本当の意味での仕事の闘いなんだから……。それを乗り越えた者だけが、成功への道を歩いていけるんだ」

「祐」の久しぶりの男らしい言葉だった。「祐」は香子を前に熱く語り続けていた。この一か月間は「祐」にとって地獄にいたような思いがあっただろう。今、久しぶりに見せる「祐」の元気な顔に香子はしばらく見とれていた。

「香！　俺の本当の勝負はこれからだ。苦労をかけるかもしれない。香の親父さん、お袋さんに迷惑をかけた分、なんとか成功させなければ君にも顔向けができない。それと同時に、お父さんに救ってもらった従業員たちにも顔向けができないんだ」

「祐」は香子の肩を抱くようにして言葉を続けた。

「香。俺がもう一度一人前になるまで、花嫁姿は辛抱してくれるか？」

香子は黙ってうなずいた。そしてしばらくして口を開いた。

「祐さんの気持ちは私はもちろん、父も母も理解してくれていると思う。でも頑張るのは嬉しいけれど、身体だけは壊さないでね！」

香子は「祐」の肩をポンと叩いて笑った。


ふたりの東京での生活が始まった。だが現実は厳しかった。「祐」が言葉で語っていた厳しさを遥かに凌駕していたのだ。勢いづいて走り出した「祐」だったが、手ひどく打ちのめされて帰って来ることも多くなっていった。そして一人塞ぎ込むようになって来るのだった。時には十日余りも家にくすぶって、ソファーにゴロゴロしていることもあった。香子はそんな「祐」の姿を見て見ぬふりをしていた。「祐」が自分の中で何か答えを出したがっている。その日が来るまで香子はただ黙って待った。

三か月も「祐」のスランプは続いた。時折母の文枝から電話が入るが、香子は今の現実を伝えなかった。伝えようがなかったのだ。これ以上両親に心配はかけられない。香子は腹をくくった。「祐さん、私と別れましょう！」

香子が「祐」に静かに言った。

「えっ、急に何を言い出すんだ！」

「祐」はその大きな身体をソファーからあわてて起こした。

「私と別れてください。お願い！　そのほうが……」

香子は肩を落として泣き出した。そんな香子に「祐」がたたみかけた。

「香、俺のことが嫌いになったのか？」

「嫌いとか好きだとか、そういった問題じゃないの。このまま、こうして祐さんが私と一緒にいたら、祐さんが駄目になってしまう。私なんかどうなってもいいの。今の祐さんのそんな姿は見たくないの」

香子は叫ぶようにそう言い切った。この三か月、「祐」とて心の中でどれだけ苦しんだだろうと香子は自分なりに考えていた。思えばあの倒産の時、香子の父・源二郎に、母・文枝に、家族に従業員まで押しつけたような思いの中、毎日その娘と暮らすことが「祐」に大きなプレッシャーを与えることになっていたのではないか。香子はそんなことを考えていた。

本来の「祐」さんはこんなにだらしない男ではない。香子は自分が別れてあげたほうが、「祐」は男として立ち直っていくかもしれない、そんな一途な思いが香子に「祐」との別れを決意させたのだ。「祐」のためだけを考えて出した結論だったのだ。

「祐」は顔を覆った。

「俺は何をしているんだろう。お願いだから俺と別れるなんて言わないでくれ」

だが、香子はすがるように訴える「祐」にこう言った。

「祐さんが心の中で私の両親に頭が上がらないと思っているなら、そんなこと余計なことよ！　私の両親はあの事で老けずに済んだわ。だから私はあれで良かったと思っているの。兄も姉も同じ気持ちなの。従業員が、子どもが増えることが両親の生き甲斐なんだから。祐さんは親孝行したと思っていればいいの。私に気づまりだと思っていることで一歩前に出れないのよ。だから祐さんの前から私が消えていくことにしたの」

香子はそう言って寝室に入り鍵を閉めた。そしてドアの向こうの「祐」に大きな声で言った。

「明日、私はここを出ます」

香子は本気だった。もちろん「祐」には彼なりに悶々と考えていることはあるだろう。だが毎日家の中にゴロゴロと三か月も仕事もせずにいることが、決して「祐」のためにはならないと香子は考えたのだ。

朝が来た。香子はバッグに洋服を詰めてそっとリビングから出た。するとテーブルの上に白いメモが置いてあった。

――今日、会社の面接に行ってくる。心配かけて悪かった――

# 第四章　別れ道

「あなた、おめでとう！」

香子は「祐」に心から微笑みかけていた。時計はもう十二時近くを指していた。「祐」はリビングのソファーにゆったりと腰を下ろし、エルメスのスーツ姿で香子の差し出したお茶ををゆったりと飲んでいた。香子はその背広に袖を通す日をずっと心待ちにしていたのだった。

香子もこの日は和服に身を包んでいる。それもかなり長い時間、和服を着ていた。実は香子は帰宅と同時に和服を脱ごうとしたのだが、「祐」がもう少し着ていて欲しいという希望で着替えずにそのままでいたのだ。

「祐」は香子の和服姿にうっとりとした表情を浮かべ、しみじみと言うのだった。

「香、着物を切るとますますお袋さんに似てくるな。俺、やっぱり和服の似合う女がいいな。ところで香、今日は本当にお疲れさま。香の支えがあったからこそ、やっと、こうして男の意地が通せたし、夢も叶ったんだと思っているよ」

「祐」の会社が倒産して五年、必死になってふたりで再建のための道を歩んできたのだった。これまでの五年間は、ふたりの絆をより一層深いものにしていったのだ。

この日、五月十日、関崎祐は晴れて新会社の代表取締役に就任したのだった。香子はこの日一日、大勢の来賓を迎えて新社長夫人としてかいがいしく記念祝賀の会場を動き回った。そしてその立ち居振る舞いは誰から見ても、さすがと唸らせるほどの見事なものであった。香子も、長い歳月の苦労や「祐」への思いが一気に報われた感じがして、会場の隅で時折涙を浮かべ、また安堵感から胸をなで下ろしていたのだった。

そんな香子の姿をさり気なく見ていた「祐」も心から満足していた。

「この五年間、長かったようでもあり短かったようでもあり……。ともかく香があってこそのこの五年間だった。香、心から礼を言わせてくれ。本当にありがとう」

「祐さんは、これからは私だけの祐さんではなくなるのね。社員たちの父親になり、心も身体も今までの倍以上忙しくなるわね」

今までも夜遅く帰ってくる「祐」を一人寂しく待つことが多かったが、これからはさらにそんな時間が増えてくることになる。香子はそんな寂しさを隠すことができなかった。

香子はこれまでの「祐」の努力を必死になって支え続けていた。そして父・源二郎もさまざまな応援をしてこの日を迎え、スピーチでは源二郎も涙を隠すことができなかった。いわば深見沢家全員で「祐」を支えてこの日を迎えることができたのだった。

香子がそんなことを考えていた頃、「祐」はバスタブにゆっくりと浸かり、感慨深げに今までの道のりを思い浮かべ、さらにこれからの進むべき道を思い、気を引き締めていた。「祐」は思っていた。香子がいなかったら俺は今日の日を迎えることができなかっただろう。今までさまざまな女性を見て交際もしてきたが、改めて香子を選んだことを誇りに思っていた。

「祐さん、大丈夫？　そんなに長く入っていてのぼせちゃいますよ」

香子の明るい声が脱衣所から聞こえてきた。祐は腹の底から笑いを浮かべて応えた。

「大丈夫だよ！」

香子は明日「祐」が着ていく洋服の用意をしていた。静かに夜がふけていく。

「祐」の仕事が軌道に乗るまでと思い、自分の歌の仕事をセーブしていた。たとえ少しでも「祐」のために動きたかったからである。

思えば五年前に「祐」が香子の父・源二郎に引き取ってもらった社員がいた。だが今回会社を設立することができるようになった時、その従業員たちのうち独身者三十名を引き取ることにし、源二郎に改めて感謝の意を告げて、彼らに東京に転居してもらって来た。総勢三十七名でスタートした「祐」の会社は、一年後には七十名の社員を擁するまでに発展していた。

香子は日を追うごとに「祐」の帰宅が遅くなることを、会社の発展につながることだと信じていた。時には朝まで眠らずに「祐」を待っていたことさえあった。

(母さんにもきっとこんな事があったんだろうな。でも母さんには私たちという子どもがいた……)

一人で香子はそのむなしさを抱えていることが多くなっていった。だが会社も軌道に乗り順調になってきても、「祐」はいっこうに結婚のことを切り出すことがなかった。

香子ももう二十八歳になる。そしてある日、香子は「祐」に思い切って自分の胸のうちを伝えた。

「祐さん、私、子どもがほしい！」

香子は毎日のように子どものことを考えていたのだ。だが「祐」は、

「もう少し待ちなさい！」

そう言うだけで将来の夢や計画なども一切話をすることがなかった。

「祐」さんは疲れている。香子はそう思い、ひとり耐える日々が続いた。

父や母にもこれ以上の心配はかけたくなかった。会社の設立パーティーの時も、父は「祐」にこう言っていたのだ。

「ここまで来ればわしの役目ももう終わりだな。後は祐さんが健康に注意して、香子とふたりで力を合わせて頑張ってくださいね」

母も同様の気持ちだったはずである。父ももう七十歳を超えている、もう心配はかけられない、香子はそう自分に言い聞かせていた。

そして一年後、父・源二郎が他界した。実家の会社は兄の洋次が二代目の社長となり、経理は姉の由美子が仕切り、次男の勇がアメリカから帰国して洋次の補佐をした。父の遺志どおり、何ひとつもめることなく、順調に会社の業務は引き継がれていた。もちろん香子にもかなりの遺産が渡ったが、香子はそれをひとまず母の文枝に託していた。実家の弁護士も、いまだに「祐」との結婚もなく戸籍の上では他人であることを強調し、そうすることを勧めてくれたのだ。

会社が設立されて四年が経とうとしていた。「祐」の朝帰りも、いつものようになっていた。だが、その日は珍しく早く帰宅した「祐」の姿がリビングのソファーに見られた。家にいる時の「祐」は堂々として主人らしくて頼もしい。香子はそう思い、その日は浮き浮きしていた。だが。その一方、今の自分が「祐」にとって何の存在感もないということも実感していて、寂しい思いがしていたのだ。そんな香子の切ない気持ちを「祐」は知ろうとさえしなかった。

次の朝、出かけようとした「祐」に香子は声をかけた。

「祐さん、身体だけは大切にしてね！」

だがその言い方が「祐」の気にさわったのだろう。「祐」は急に声を荒らげて言ったのだ。

「何だ！　お前は。俺が何か悪いことでもしているような言い方をして！」

「私はそんなつもりで言ったんじゃないのに……」

後ろを振り向きもせずにドアを開けて出ていった「祐」の姿に、香子は、きっと疲れているんだ、そう自分に言い聞かせるのだった。そしてその夜、いつまで待っていても「祐」は帰ってこなかった。

「今日は帰らんぞ！」

「祐」といる時は努めて明るく振る舞う香子だったが、一人で過ごすことが多くなった今の現実を考える時、香子は不安と無念さで押しつぶされそうになる。「祐」は変わってしまったのか？　香子は常に塞ぎ込むようになり、日増しに自分を責めるようになり、苦しんでいた。

「私に時間がある事が良くないのだ」

香子はそう思い、「祐」が帰ってくる日を待った。

帰宅した「祐」を迎えた時、香子はドキドキしながら自分の気持ちを告げた。

「祐さん、私もう少し音楽を勉強したい。どうやら今の祐さんに私は必要ないようだし……」

「だから何なんだ！」

「祐」から出た言葉には愛情のかけらも感じられなかった。香子はそんな彼の言葉に唇をじっと噛んでこらえるのだった。と同時に涙が止まらなくなった。香子はその涙とともに、堰を切ったように自分の胸のうちを初めて「祐」に告げた。

「祐さん！　私と別れてください。ただそれだけです。今まで本当にお世話になりました」

ここまで決心するには、香子はどれだけ悩んだことか。友人の調査で「祐」には三年ほど前から若い愛人がいることも分かっていた。だがそれも男の寄り道だと思い、「祐」の背中を見るたびに、香子はじっと耐えてきたのだ。

（もう私は必要のなくなった女）

女房でも恋人でもない。香子は人生の中で生きる立場を失っていた。思えば「祐」と一緒に暮らすようになって十年の月日が経つ。自分だけがどんなに強く望んでも、「祐」にはその香子の心が届かないのであろう。

突然の香子の別れを告げる言葉に、「祐」は怒鳴るように言い放った。

「急に何を言い出すんだ！」

「もういいんです、私は。どうでもいいんです。ここで死んでもいいんですから……」

香子は泣き叫んだ。香子にとって、初めて「祐」の意見を聞かなかったのだ。

「祐さん、何なら私を今ここで殺してください！」

香子は本気だった。母・文枝にはもちろん、兄弟にも相談できない事だった。香子はひとりで苦しみ抜いてきたのだ。

「悪かった、許してくれ！」

「祐」は香子に詫びた。だがその夜から一か月もしないうちに、「祐」は香子の待つ家に帰ることがなくなったのだ。

香子は切々と自分の胸のうちを手紙に書き綴った。そして家を出る準備を始めた。

そんな時、電話が鳴り、「祐」の言いにくそうな声が聞こえてきた。

郵便はがき

料金受取人払郵便

新宿局承認

2524

差出有効期間
2025年3月
31日まで
(切手不要)

1 6 0-8 7 9 1

141

東京都新宿区新宿1－10－1

**(株)文芸社**

愛読者カード係 行

<table>
<tr><td>ふりがな<br>お名前</td><td colspan="3"></td><td>明治 大正<br>昭和 平成 年生 歳</td></tr>
<tr><td>ふりがな<br>ご住所</td><td colspan="3">□□□-□□□□</td><td>性別<br>男・女</td></tr>
<tr><td>お電話<br>番 号</td><td>(書籍ご注文の際に必要です)</td><td>ご職業</td><td colspan="2"></td></tr>
<tr><td>E-mail</td><td colspan="4"></td></tr>
<tr><td colspan="3">ご購読雑誌(複数可)</td><td colspan="2">ご購読新聞<br>新聞</td></tr>
<tr><td colspan="5">最近読んでおもしろかった本や今後、とりあげてほしいテーマをお教えください。</td></tr>
<tr><td colspan="5">ご自分の研究成果や経験、お考え等を出版してみたいというお気持ちはありますか。<br>ある　ない　内容・テーマ(　　　)</td></tr>
<tr><td colspan="5">現在完成した作品をお持ちですか。<br>ある　ない　ジャンル・原稿量(　　　)</td></tr>
</table>

| 書　名 | | | | |
|---|---|---|---|---|
| お買上<br>書　店 | 都道　　　　市区<br>府県　　　　郡 | 書店名 | | 書店 |
| | | ご購入日 | 年　　月　　日 | |

本書をどこでお知りになりましたか?

1.書店店頭　2.知人にすすめられて　3.インターネット(サイト名　　　　　)

4.DMハガキ　5.広告、記事を見て(新聞、雑誌名　　　　　)

上の質問に関連して、ご購入の決め手となったのは?

1.タイトル　2.著者　3.内容　4.カバーデザイン　5.帯

その他ご自由にお書きください。

(　　　　　)

本書についてのご意見、ご感想をお聞かせください。

①内容について

②カバー、タイトル、帯について

弊社Webサイトからもご意見、ご感想をお寄せいただけます。

ご協力ありがとうございました。

※お寄せいただいたご意見、ご感想は新聞広告等で匿名にて使わせていただくことがあります。

※お客様の個人情報は、小社からの連絡のみに使用します。社外に提供することは一切ありません。

「今日はそっちへ帰るから……」

「祐さん、そっちってどういう事ですか？　一体この家庭をどう考えているの？　いい人がいるならそれでいいじゃないですか。私は何もいりません。出ていきますから」

香子は情けなさを抑えてそう言って電話を切った。そしてトイレ、キッチンなど念入りに掃除を始めた。すべてを終えると香子は鏡に向かって久しぶりに赤い口紅を引いた。チャイムが鳴った。そこには居辛そうな表情をした「祐」が立っていた。

香子はバッグを持ったまま「祐」に言った。

「祐さん、鍵はお返しします。私の荷物は処分していただいて結構です。一から出直しますので……。さようなら」

香子がそう言って「祐」の背中をすり抜けて玄関を出ようとした時、「祐」が絞り出すような声で言い出した。

「待ってくれ！　外の事は遊びなんだ。全部男のわがままな遊びなんだ。好きなんだ！それは変わっていない。夕べひとりで横浜の海を見てきた。夜の海に吸い込まれそうだったよ。そして分かったんだ、俺には香子が必要だって！　夜の海を見て、ずっと最初の頃の俺たちを思い出していたよ」

玄関先で涙をふりしぼるような声で言う「祐」を、香子はリビングに入るように促し、香子も靴を抜いで座った。

「祐さん、思い出してくれてありがとう。ずっとその言葉を待っていたの。結婚とか、子どもとか、ふたりの絆はいつからかどこかへ行ってしまっていた。あなたの忙しさを思えば、そんな事に思いわずらっていられないと、自分なりにそう理解していたわ。でも、もういいの。別れることに未練はないわ。私の今までの人生は幸せでした」

香子は涙を拭って部屋を出ようとした。「祐」が香子の書いた置き手紙を読んでいた。

「もういくら引き止めても駄目なんだね?」

「えぇ、苦しんだ上での結論なの」

「分かった。本当に取り返しのつかないことをしてしまった。でも香、最後にこれだけは聞いてくれないか」

「祐」は手で目を押さえながら言った。「祐」は涙の中で何年かぶりに香子の顔を見た。

「香、いつ髪を切ったんだい?」

「祐さん。これが現実だったのよ。この四年間、私が何をしても祐さんは何ひとつ気づかなかった」

香子はそう言って、さめざめと泣き崩れた。

「祐」が香子の髪の毛に触れた。

「香子の心をずたずたにしてしまったんだね」

香子は身体を起こして言った。

「でも祐さん、私はちっとも恨んではいないの。ふたりの夢だった会社の再建も実現したんだもの……。それに今思えば幸せな事もあったんですもの」

「そう言ってくれてありがとう。すまない」

「祐」は香子を抱きしめて男泣きした。

「香、このことは実家では知っているのか？」

「祐」の問いかけに香子は首を横に振った。

「いいえ、祐さん。私はかりそめにも祐さんの女房だと思っていたんです。ふたりの心のすれ違いや、苦しみ、辛さなんていちいち実家に伝えたりしなかったわ。別れて、落ち着いてから言おうと思っていたわ。それに、今まで自分がこの人と信じて生きてきたことを思えば、私にだってどこかいけないところがあったのかも知れない。祐さんの悪口なんて言えないもの」

「ありがとう、感謝するよ。でも君ではなく俺がこの部屋を出ていくよ。この部屋は香子の名義になっているし、好きなようにしてくれ。でももし困ったことがあったらいつでも知らせてくれ！」

「祐」はそう言って香子に頭を下げ、バッグにスーツを二、三着入れた。

「後の荷物は改めて取りに来る。もう何を言っても未練がましいと思うだろうが、今でも香子が好きだ！」

「祐」は涙を拭い、香子の手を握って言葉を続けた。

「香子は歌の道で頑張ると言ったが、無理はするなよ。大変な世界なんだから……。香はお嬢さまで世間知らずなんだから、気をつけてな。鍵は返しておく。とにかく元気で……」

香子は立ち去っていく「祐」の背中をいつまでも見送っていた。そして頼もしく見ていた背中は、どこか泣いていた。

その背中に向かい香子はつぶやいていた。

（祐さん、今度は絶対倒産させないでね、そして身体を大切にね……）

部屋に戻った香子の目には、リビングの大きなテーブルがポツンとして見えた。部屋の隅では花が枯れている。香子は座り込み、しばし呆然としていた。

一か月もして生活にもやっと落ち着きを取り戻した香子は思いついて、かつて彼女のマネージャーをしてくれていた、向田という女性に電話を入れることにした。

「ターちゃん、お久しぶりです。香子です。何かお仕事ないかしら？　私も生活していかなければならないから……」

香子は向田にも「祐」と別れたことを伝えてなかった。だが香子も遊んではいられない。自分の生活だ、誰にも甘えられない。そう言い聞かせていたのだ。

実家の母・文枝にも、しばらくして手紙を書いてすべてを報告した。そしてその十日後には実家に戻り、父・源二郎の墓にお参りした。ゆっくりと手を合わせ、心配しないようにと、墓前に酒と花を供えた。香子の側で、母が源二郎の墓石に水をかけていた。そして帰り際に、香子は父の墓の側に立ち心の中で願っていた。

（父さん、まだお母さんを迎えに来ないでね。私が本当に幸せを掴むまで……。お願いね）

長女の由美子が車のエンジンをかけた。秋風が鬼怒川の土手沿いから、家路を急がせるかのように吹き付けていた。香子は隣のシートの母を見て、かなり白髪が目立つようになったと思っていた。

「母さん、心配ばかりかけてしまって、ごめんなさい」

車の中で香子は文枝の肩に顔を近づけ、幼い頃の香りを懐かしんでいた。

東京に戻った香子は、音楽仲間で気のいい堀田という男に電話を入れた。

「ご無沙汰しています。マネージャーの向田から堀田さんに連絡を取るように留守電にメッセージがありました。お元気でいらっしゃいますか？」

堀田は電話の向こうであわてていたようだ。一度みんなと共に食事をした時のことを思い出していた。明るく笑い、どちらかというと三枚目的なその顔を思い出して今の電話の声と重なり、思わず笑ってしまっていた。

「あっ、先日はお疲れさま、さま、香子さま」

堀田のギャグっぽい言い方に、香子はまた吹き出してしまった。

「あっ、ごめんなさい。あんまりおかしい言い方をなさるから……」

「よかった、笑ってくれて。実はみんなで、またどうかな、って話していたんです。どうですか、飲み会に参加なさいませんか？」

堀田の誘いに香子はちょっと間をおいて応えた。

「じゃあ、またマネージャーの向田と一緒に参加させていただきます。よろしくお願いします」

香子は電話を切ってから思った。何か相手との会話が変に浮いていると、香子は自分がまだ奥さま言葉であることに気づいたのだ。そして、もっと気楽に生きなければ老けこんでしまうわ、と自分に言い聞かせた。鏡をのぞき込んでアイラインを引いた香子は、

「まだまだいけるんじゃない？」

香子は鏡の中の自分に言葉を投げかけた。

そして夜になり、音楽仲間と酒を飲み、明け方まで話に興じた。久しぶりのことだった。参加した全員が、音楽の道で本格的に頑張るようにとエールを送っている。

香子は次の日から、音楽の道を進む準備をした。


そんなある日、「祐」から突然の電話が入った。

「あら、お久しぶりです」

「元気だったかい？」

「祐」が懐かしそうに聞いてきた。「祐」と別れてから三か月が過ぎようとしていた。「祐」の食事の誘いに、香子は一度は迷ったものの承諾の返事をした。もちろん香子は内心では嬉しかったのである。

当日の朝、やはり心が弾んでいた。誰からの誘いより、やはり「祐」との再会が心から嬉しかったのだ。淡いピンクのスーツを選び、赤いルージュを引き、さっぱりとヘアを整

えた。そして洗車をし、ガソリンもたっぷり入れ、愛車ボルボを走らせ、香子は指定の時間ぴったりにレストランに着いた。「祐」が香子の姿を見つけ、さりげなく手を振った。

「しばらくだね。どうしていた？」

「貴方、いや祐さんこそどうしていたの？」

しばらくは取り留めのない話をしていたふたりだったが、間もなく「祐」はあの別れの夜から二か月が過ぎた頃、香子の実家にお詫びの挨拶に出向いたことを香子に話した。

「私も母からの手紙で知りました。忙しいのに、わざわざありがとう」

香子は少し頭を下げた。

「祐」は幸せにはできなかった香子に、こうしてまた逢ってもらえたことが嬉しいと言い、さらに言葉を続けた。

「実は俺、今度ある女性と一緒に暮らすことになったんだ。別れた時はいつまでも君を待とうと思っていたんだが、いつまでも後ろを振り返っていても仕方ないと思ってね」

「祐」の顔には香子に対する済まないという気持ちと同時に、男としての満足感が見えた。その女性はとびきりの美人で、クラブで知り合った李という十五歳年下の外国人の女性だという。

香子はまさかこんなに早く、「祐」の心変わりを知らされることになるとは夢にも思ってもいなかった。香子はハラハラと泣き崩れ、急いでそのレストランを後にした。

その晩、香子はマネージャーの向田の部屋で酔いつぶれながら考えていた。頭の中で（あんまりよ！）という気持ちと、（仕方ないわ、幸せに！）という気持ちで揺れ動いていた。

それからの香子は、今まで以上に外出することが多くなっていった。そして音楽仲間との交友関係も広がっていった。だが仲間の男性が独身の香子を意識しだしても、香子は元社長夫人という誇りがなぜか捨てられずにいた。誰にも女として心を開くことはできず、音楽に心を注いだ。

そして二か月、あの「祐」との再会の場で受けた心の傷がやっと癒えた頃、姉の由美子が連絡してきて、彼女の企画実現のため、香子にその準備を手伝うようにと言ってきたのだ。それは家族の中の女だけで行く温泉旅行という由美子の提案だった。母・文枝もますます老いていく。だからアメリカからもう一人の姉・夏子を呼び寄せて四人で温泉に行こうというものだった。香子は夏子に会えることがとても嬉しかった。香子が「祐」と別れた時、アメリカに来るように勧めてくれたのは夏子だったのだ。

翌日の旅行前日は、女四人が全員で香子の部屋に泊まることになっていた。香子は部屋の掃除に余念がなかった。思えばこの部屋も「祐」がいた頃とは大分様子も変わっていた。

部屋がやっと片付いた頃、突然電話が鳴った。

「香、こんな時間に悪い。実はどうしても頼みたいことがある。何とか力を貸してほしいんだ」

電話は「祐」からのものだった。「祐」は珍しくあわてていた。

「実は俺もバカなんだけど、ある店で働く子連れの女の子に洋服を買ってあげたんだが、俺宛てのそのカードの明細を李が勝手に開けて見てしまったんだ」

「それが私とどういう関係があるの？」

香子は訳が分からず不思議そうに「祐」に尋ねた。

「李は香子のことはとても尊敬しているんだ。だから李から電話がいったら、その洋服は私が買って貰ったと言ってほしいんだ。お前なら李は絶対に許すはずだから……」

「祐」は必死だった。だが香子には、いまだに事情が飲み込めずにいた。問い返そうとした時、電話は切れていた。香子はさほど気にもとめず、バスタブにゆっくりと浸かった。

バス香料の香りが香子の心をゆったりと解きほぐしていく。いつしか「祐」からの電話のことも忘れていた。明日は姉の夏子がアメリカから帰ってくる。どんなお土産を持ってきてくれるのか、そんな事を考え、少女のようにワクワクしていた。その日のために姉の寝巻きなど、いろいろ買い揃えていたのだ。香子はバスを出てバスローブに身を包んで、ソファーでくつろいでいた。時計は十時を指していた。

電話が鳴った。

「はい、深見沢です」

香子は静かに応えた。

「あっ、香。実は李が絶対に香が買ったものじゃない、と言って聞かないで大暴れしている。なんとか君の服だったと言ってくれないか、頼む。今電話を代わるから……」

香子はどうしてこんな思いをしなければいけないのか、と情けなかった。「祐」さんには恥というものがないのかしら、香子はそう思った。電話が李らしき女性に代わった。怒鳴り散らすような声がした。香子は女性がそんな声を出すのを初めて聞いて、ただ驚いた。

「もしもし、李と言います。初めまして、あなたが香子さんなのですね」

「はい、初めまして。実はお洋服のことなんですけど、誤解なさっていらっしゃるようで……。ごめんなさい、深い意味はないんです、ご心配をかけてしまって……」

香子は努めて優しく言った。その李という女性は日本語がかなり話せるようだった。

「香子さんのことは祐さんからいろいろ聞かされてきました。本当は祐さん、今でもあなたのことが忘れられないみたいなのです。私には分かるんです」

李は寂しそうにそう言い、言葉を続けた。

「私、香子さんのことは素敵な女性だと思っています。でもこの明細は嘘だと思うんです。香子さんがこんなメーカーの洋服なんて着るわけがありませんから。祐さんが香子さんの写真を持っているから好みの洋服だって私には分かるんです」

「李さん、本当にご心配かけました。でも私が買って貰ったと言っても信じてもらえないんだったら仕方ないわ。祐さんに電話を代わってください」

李は泣いていた。

「祐さん、私はできる限りのことはしました。李さんを大切にしてあげてください。私からもお願いします」

「最後までウソをつき通してほしかった。この後が大変なことになるんだ」

「祐」は明らかに焦っていた。だが香子にはどうしようもなかった。香子には個人宛ての明細書を開けてみるなんてことは信じられなかった。もしかしたら李という女性にそんなことをさせてしまったのも「祐」に原因があるのではないか、香子はそう感じていた。確か李と「祐」が暮らし始めて五か月になったはずだった。香子は眠れそうになかった。仕方なくワインを注いで飲み始めた。

また電話が鳴った。もう深夜の一時を回っている。香子は電話に出るかどうか迷っていた。恐る恐る出てみると、受話器の向こうで男女のなじり合う声が聞こえる。「祐」と李の大喧嘩だった。

「電話を切りなさい。迷惑をかけるだろう」

声を荒げている「祐」が目に見えるようだった。香子は唖然としていた。李が暴れ回っている様子が想像できる。なんという恐ろしい女性なのだろうか。今でも好きな人、その「祐」さんと他の女性との生活が見えてしまい哀しかった。知らず知らず香子の頬に涙が流れていた。

その時、「祐」の叫ぶ声が聞こえてきた。

「やめなさい！ いいかげんにしなさい。早くハサミを置きなさい！ 振り回さないで！」

そう叫び続ける「祐」の声に、香子は彼の身の危険を感じて、受話器に向かって叫んでいた。

「李さん、私が悪かったわ。お洋服は本当に私のだったの。冷静に話しましょう！」

香子の声が聞こえたのか、李はやっと落ち着きを取り戻したように電話口に出た。

「よく聞いて、李さん。気を悪くしないで聞いてね。私たち好きも嫌いも通り越して十年一緒に暮らしたの。たとえ別れてから再会しても、情は残っているの。昔の主人に洋服の一枚買って貰ったことがそんなに悪いことなの。ハサミを振り回さなければならないほどの事かしら？」

と香子は必死で続けた。

「李さん、私の事なら安心して！　今さら祐さんと愛し合うなんてことは決してないわ。信じて！　お願い」

香子のその言葉に、李は大きな声を上げて泣いて叫んでいた。

「香子さん、聞いてください。祐さんは私に毎日千円しかくれないんです。おかずも満足に買えないし、洋服なんて一枚も買っていないの。祐さんは私にどこか冷たいんです。香子さん、祐さんにあなたから言ってください。あなたの言うことなら聞くはずです」

そう言って李は「祐」に電話を代わった。

「香、悪かった。これが実態のすべてではないが、後悔している」

「祐」は小さな声で李に聞こえないように電話口で囁いていた。香子は言葉も出なかった。哀しかった。そしてみじめだった。呆然と立ち尽くしている香子の目からいつまでも涙が溢れていた。

「祐さん、さようなら。本当にもう私の祐さんじゃなくなってしまったのね」

香子は心の中で泣き叫んでいた。どんな事があろうと自分の夫であったと信じていた彼が、香子の愛がまだ完全に冷めやらぬのに、こうして他の女性の夫としての姿を見せつけられてしまったのだ。心がえぐられるような哀しみ、やりきれぬ思い、みじめさを感じていた。

電話を切った香子はワインをぐいっと飲みほしていた。酒の力を借りずには眠れそうもなかった。

(祐さんはどんなに思っても、もう本当に他の女性の夫になってしまったんだ！)


どんなことが起きたとて、何事もなかったように次の日がやって来る。昼頃には母や姉たちが到着した。香子は車を運転して、アメリカから帰ってくる姉の夏子を迎えるため成田に向かった。到着した姉を乗せて、四人はそのまま静岡の叔父のところに立ち寄り、西伊豆に向かった。みかん畑を営んでいる叔父は、車のトランクにみかんをいっぱい積んでくれた。車の中では三姉妹のお喋りがいつまでも続いた。その様子を母の文枝は横から眺めて目を細くして笑っていた。

「まったくお前たちったら、まるでかしまし娘みたいだわ」

その母の言葉に、アメリカから帰国したばかりの夏子が言った。

「あら、そう。じゃあ、今度三人娘でデビューしましょうよ、お笑いで！」

その言葉に車の中に大きな笑い声が響いた。そして夏子は香子に向かって真剣に言う。

「ねぇ、香子は若いんだからアメリカに二、三年くらい住んだらどう？」

香子はそんな姉・夏子の妹を思う気遣いに嬉しく思い、おどけるように応えた。

「はい、はい。考えておきますわ、お姉さま！」


その夜、温泉の湯の中で母の文枝の身体を流していた香子は、母の背中を小さく感じ、胸が痛む思いだ。そして、いとおしさを隠すように背中に湯をかけてあげた。温泉の湯気のせいで、香子の目もとに光る、汗なのか涙なのか分からなかったのが、ありがたい。その夜、三姉妹の話は朝まで続いた。

温泉旅行を終えると、夏子は父・源二郎の墓参りをするために母・文枝、由美子とともに、茨城の実家に戻ることにした。茨城では洋次や勇たちが首を長くして待っているはずだった。

香子はひとり自分の部屋に戻った。そして「祐」への手紙を書き始めていた。この前の夜の李という女性のことを思った内容の手紙だった。それは女性でしか分からない気持ちを「祐」の幸せのために、精一杯香子の真心を書いたものだった。香子はその手紙を「祐」の会社宛てに送った。そして三日後、「祐」から電話が入った。

「香！　ありがとう。俺の恥を笑わないで欲しい！　心配かけた、すまん」

温泉旅行から一か月が経ち、休暇を終えた夏子がアメリカに帰ることになった。香子はボルボで成田まで夏子を送り、その帰り千葉の勝浦の海へと車を向けた。空は蒼く晴れ渡っていた。香子は誰もいない海に向かって大きな声で叫んでいた。

「夏子姉さ～ん！　元気でね～！　来年必ずアメリカに行くから、待っていてねぇ～！」

この何日か香子は、一緒に過ごした夏子の性格の明るさに救われたような気分だったのだ。千葉の海にはもう冬がそこまでやってきていた。北風に香子の身体が吹き曝されていた。勝浦の海は波が大きく荒れていた。海岸通りを走る香子のボルボの窓を、風に舞う枯れ葉や枯れ枝が時折叩いている。

やがて香子は東京へと向かった。首都高速に入る頃には、太陽も西に傾き、都会のビルの谷間に静かに消えていく。首都高速は相変わらずの渋滞だった。やがて東京タワーが香子の目に飛び込んできた。

（きれい！　私やっぱり東京が好き！）

香子は大渋滞を楽しむかのように、少し浮かれていた自分を感じていた。音楽と都会の空気がこれからの香子の心を支えてくれるのだろうか。

さよなら、心の中の

愛する祐さん
互いの道をそれぞれに
幸せになろうね

香子は心の中で手を合わせて祈っていた。

# 第五章　封　印

あの「祐」と李との喧嘩に巻き込まれ、失意のどん底に突き落とされたような思いを脱し、香子は逆に強く生きようと決めた。香子にも意地があったのだ。

（がんばろう！　何でもいい！　とにかく打ち込めるもの、汗を流してがんばるもの……）

香子はコンサートを企画した。毎日、毎日必死になって奔走した。どんな小さなお店でも宣伝のためと割り切り歌い歩いた。酔った客に罵声を浴びることもあった。また、オシボリが香子の顔を目がけて飛んできた時もあった。時にはチンピラまがいの男に絡まれることもあったが、『玄海の竜』という任侠道の歌を歌うと、逆にそんな男たちからも、頑張れと励まされたりすることもあった。黙々とキャンペーンを続ける香子に、いつしか大勢のファンがつき、後援会さえもできるようになっていた。

コンサートは超満員となり大成功であった。だが悲劇はこの後に起こったのだ。会場費などの支払いの段になって、制作費が紛失していたのが発覚したのだ。誰も気がつかなかった一瞬の出来事だった。香子は支払い期日を一か月先に延ばしてもらい、次の日から金策のために奔走した。

自分の貯金を合わせても、どうしても六十万円ほど足らなかったのだ。

「祐」と別れて以来、音楽にかなりのお金を投じていた。また友人に貸した千七百万円のお金もその会社が倒産してしまい、ほとんど返ってくる見込みもなかった。倒産ということがどれだけ残酷なものか、香子は「祐」の会社の時と今回で二度経験していた。

思い起こせば、父・源二郎も、香子が生まれる前に一度会社を倒産させたことがあったのだ。その時の両親の苦しみを兄や姉から聞かされたことがある。大きな屋敷から農家の納屋暮らしになり、クリスマスプレゼントも欲しいと言えなかった兄・姉。そんな兄・姉に、父の弟が大きな荷物を抱えてやってきたという。それは嬉しいクリスマスプレゼントだったのだ。

香子はそんな事を考えていた。

しばらくして香子は、赤いアドレスノートを取り出してずっと見つめ続けていた。開けては閉じて、開けては閉じてを繰り返していた。「祐」に電話をするかどうか迷っていたのだ。あの李との喧嘩以来、七か月が経っていた。「祐」からの電話も入らなくなった。

別れる時、男泣きして「もう一度やり直したい」そう言って部屋を出ていった「祐」だったが、その二か月後には他の女と暮らしていた。約束なんてそんなもの、香子は人の心の流れていく現実を身にしみじみと思い知らされてきた。

だが資金繰りは、もうどうにもならないところまで来ていた。香子は意を決して「祐」の電話番号を押した。だが「祐」は不在だったのだ。香子は「祐」が留守だったことに、なぜかホッとしていた。

他の当てがあるはずもない。実家は父・源二郎も他界し、兄弟たちにはもうこれ以上の迷惑や心配をかけるわけにもいかなかった。思えば、健一との別れ、自殺未遂、「祐」の会社の倒産、そして「祐」との別れなど、本当に心配をかけてきたのである。また香子がここまで預金を使い果たしていると知ったら、歌の世界も止めるように言われ、大騒ぎになることは目に見えていた。

時間が過ぎていく。先程の電話から小一時間ほどして、香子は意を決したように「祐」に電話した。

「もしもし、祐さん。香子です。今お話ししてもいいかしら?」

香子はいくらか丁寧にそう言った。懐かしむような「祐」の声を期待していた。だが、返ってきたのは「祐」の冷たい言葉だった。

「何だよ！　一体？」

「祐」の言葉には明らかに面倒くさい雰囲気が感じられた。香子はいっそ何もなかったように電話を切りたかった、だが……。

「電話では話せないから会えないかしら？」

「いいよ、電話で。早く言ってくれ！」

「私コンサートを開いて、会場でその入場料などすべてが盗まれてしまったの。どうしてもあと六十万円ほど都合がつかずに困っているの。あなたに相談できる立場にはないことは分かっているんだけど、私には祐さんしか頼る人がいなくて」

苦しそうにそう言った香子の言葉を、途中でさえぎるように「祐」が言った。

「俺に今さら金を出せだって！　もう別れたんだ、関係ないだろ。もう二度と電話なんかしないでくれ！」

電話が切られた。もう以前の「祐」ではなかった。香子は涙も出なかった。人の心の変わりようをここまで思い知らされたことはなかった。でも香子は心の中で、「祐」に何かが起きたのかもしれない、そう考えていた。そう考えずにはいられなかった。そう信じたかった。だが、香子は自分とは赤の他人なんだと言い聞かす他はなかった。

実際、この時の「祐」には大変な事が起きかかっていた。だがもちろんのこと、香子はそんなことを知る由もなかった。

　放心したように香子は、リビングの片隅に置かれたファッション・テーブルに目を向けた。そこには伊豆の下田へ母たちと行った時の写真が飾られていた。みかんを車のトランクいっぱいに積んでくれた叔父の写真も飾られていた。その叔父は香子が生まれた時、養子にくれないかと父や母に頼んだという。もちろんその話は実現しなかったが、叔父には子どももなく、あのみかん畑も一代で終わるのだという。叔父は未熟児で生まれた香子の成長を我が子のように心配してくれたというのだ。その写真を見て、香子はいっとき心が和んで幸せを感じていた。幸せってこんな平凡なものかもしれない、香子はそう思っていた。

　その時、確かに叔父の声が聞こえた。

「香子、来てみなさい！」

香子には確かにそう聞こえたのだ。叔父に何かあったのか？　香子は不安に襲われ叔父に電話をしてみた。だが電話の向こうからは、いつも通りの叔父の太く逞しそうな声が返ってきた。香子はその声を聞いて泣き出していた。

「香！　一体どうしたんだ？　急に泣き出したりして」

香子は誰かにすがりたくても誰もいない自分を自覚して、歯を食いしばって耐えていたのだ。だがそれも叔父の声を聞いた途端に、堰を切ったように叔父にすべてを話していた。香子は事件のあらましと、一人で悩んできたことなどすべてを話したのだ。

「お前も文枝姉さんにそっくりだなぁ。人に辛いところを見せまいと耐えるだけ耐える。姉さんもそんな生き方をしてきたけど、お前もそっくりだよ」

叔父はそう言って笑った。

「さあ、今から静岡まで車で飛ばして来なさい。今六時だから十時前にはこっちに着くだろう。しっかりするんだぞ、注意して来るんだ。お前に神さまも味方してくれたんだからなぁ」

香子は急いで身支度を整え、ボルボに飛び乗った。夕方の渋滞で首都高速は詰まっていたが、香子の心は叔父の待つ静岡に向かっていた。もしあの時リビングの写真を見なかったら、叔父に電話を入れることもなかっただろう。何かが導いてくれたのだろうか？　香子の胸の中には「祐」に対しての心の迷いも消えていた。今は、ひとりで生きる荒波の中で手を差し伸べてくれる人が、一番の支えであることを改めて思い知らされていた。これからも、巡り逢った人たちとの出会いもすべて大切にしていかなければと、ハンドルを握りながらそう考えていた。

首都高から東名に入った。やっと車が流れ出している。

母・文枝の実家は金沢の香林坊。その母の弟である叔父は、旅先の静岡で今の叔母と知り合い、恋におち結婚したという。ひとり娘だった幸おばさんと叔父は、子宝に恵まれなかった。香子を養女に迎えたかったのも、そんな事情があったからだ。

時計が十時を回った頃、みかん畑の中の道に辿りついた。家の前では待ちかねていたのだろうか、叔父が外に出て待っていてくれた。

「よぉ、来たな。さあ、入ってくれ！　疲れただろう？」

「幸おばさん、こんなに夜遅くにごめんなさい」

香子は居間に入ると、叔母に挨拶して手土産を渡した。

「気なんか遣わんと！　さあ、お風呂に入って！」

香子は叔母の言葉に甘え、天然温泉が引かれている風呂を使わせてもらった。そして居間に戻った香子に、叔父と叔母は温かく話しかけてきた。

「さぁ、一杯飲まんか？　お風呂も気持ちよかったじゃろ」

香子は心が落ち着いていくのを感じていた。そして思い切ったように話した。

「叔父ちゃん、今度の事は実家には言わないでください。お願いします」

香子は改めて頭を下げて叔父に頼み込んだ。その香子に叔父は屈託なく笑い、

「分かっとるよ、だからわしのところにきたんじゃろ。ハッ、ハッ、ハッ……」

そして叔母の幸が何かを奥の部屋から持ってきて香子に言った。

「香ちゃん、これを着てみて！」

幸は香子に着せたくて、浴衣を毎晩遅くまでかかって縫い上げたのだという。

「この前、といっても文枝姉さんとの旅行の途中で寄ってくれた時、これが香を見て、絶対に着物が似合うと言って毎晩少しずつ楽しんで縫っていたんじゃ。まぁ、着てやってくれ！」

叔父の正治の言葉に、香子は、ふるさとに帰った思いがした。

その晩は叔父、叔母とゆっくり語り合い眠りについた。そして翌朝、幸が香子の前に座ってお金を差し出してくれた。

「香ちゃん、こんなこと私から言うのもおかしいけれど、お金のことでも何でも、困った事があったら誰にも言わずにこの静岡に飛んでいらっしゃい。叔父ちゃんが香ちゃんを養女に迎えたいと言った時から、みかん畑もこの家も全部香ちゃんが相続できるようにしてあるんだから……。私たちだって死んだらいらないんだから、遠慮しなくていいのよ」

そんな幸の言葉に香子は驚いていた。以前長男の洋次にそれとなく聞いたことはあったものの、まさか本当のことだなんて、今の今まで考えたこともなかったからだ。

「今度のことでは、ご心配をおかけしてすみませんでした。幸おばさんも東京に遊びに来てくださいね。でも私、相続の話を伺ってもどうしたらいいのか分からないんです」

香子の顔に笑みが浮かんだ。東京に戻らなくてはならない。幸の案内で叔父に挨拶するためにみかん畑に入っていくと、香子が歌う曲が流れていた。驚いた香子は幸を振り返り笑った。

「そうなのよ、もう毎日テープがすり切れるほど聞いて、最近じゃあ一緒に歌っているのよ。ほら、おじさんの太い声が聞こえてきたでしょ」

香子は叔父に向かって拍手して言った。

「沢山のみかんがお客さまだなんて、なんて贅沢なのかしら。そうか、叔父ちゃんと私の歌声のおかげで、ここのみかんは甘いんだぁ！」

三人はいつまでも笑っていた。


叔父の家を辞した香子は、静岡の空気にもう少し触れていたいと思い、海沿いの道へと向かった。やがて見えてきた熱海の海の波は穏やかだった。車から降りると、昼の太陽が香子の身体に優しく、そして嬉しく感じられた。広い海を見ながら、香子は叔父の正治と叔母の幸のことを思い出していた。

「私のことをあんなに考えていてくれたなんて。でも資産の相続だなんてちょっと気が重いなぁ。でも嬉しかったわぁ」

今の香子はそんな相続より、優しい恋人がほしい、そう思っていた。そしてふと思いつき、車に戻りバッグの中からあの赤いアドレスノートを取り出した。トランクから黒いサインペンを探し出してきた。香子は海沿いに止めたボルボのドアに寄りかかるようにして、開かれたアドレスノートのページをしばらく見つめていた。そこには関崎祐の住所と電話番号が書かれていた。

「祐さん、もう二度と電話はしません。さようなら」

そうつぶやき、アドレスと電話番号を一気に黒く塗りつぶした。

今となってはその電話番号だけが「祐」と香子をつなぐ線だった。そして生きる支えになっていたのだ。もちろん番号はアドレスノートを見ずとも記憶している。だがそれも時間とともに香子の頭の中から消えていくことであろう。

思えば、ふるさとを出会いの場として十一年余りの歳月が過ぎていた。もう二度と逢うこともないように、この静岡の海風に吹かれながら、その「祐」との思い出を海深くに沈めたのだ。

こうして「祐」の電話番号は『封印』されたのだった。

# 第六章　華の時

舞台の幕が上がった。

大歓声とともに、二十八名のオーケストラの奏でる音楽が会場いっぱいに鳴り響いた。そして二分後、イントロダクションが流れ出し静まり返った時、暗闇の舞台の中央にピンスポットライトが注がれた。そこには香子の凛とした姿が浮かび上がった。その純白のドレス姿を見て、会場には大拍手が沸き上がった。

香子はこの舞台に上がるまで、人並みに緊張することもなかった。香子は三曲を歌い終わるとゆっくりと会場を見渡し、両手を大きく広げてファンの温もりをその両手で胸に抱きしめた。香子は会場に向かい、この日の感謝の言葉を述べた。

「これからの二時間半、どうぞ、ごゆっくりとご鑑賞くださいますよう！」

情感豊かに香子が『連絡船の歌』を歌い出すと、会場から紙テープが飛んできた。香子は熱唱しながらもそのテープを受け止める。その視線は会場の前列に陣取っている、大勢のクラスメートをとらえた。歌う香子の顔が思わずほころび、しっかりとテープを握り締めた。よく見るとふるさとの町長の手を振る姿も見える。町内挙げてバスで来たのだという。

香子の迫力ある歌声で会場はどんどん盛り上がってくる。海をテーマにしたこの曲に、紙テープが思わぬ効果を出した演出となっていた。

思えばこのステージのために、香子は一心にチケットを売り歩いたのだ。だが四日前には福島からバス八台を連ねて来てくれるはずだった後援者から、どうしても行けなくなったと涙混じりの声で電話があったこともあった。その客席の穴を埋めるために、香子は三日間ほとんど寝ずにチケットを持って奔走した。いつ倒れても不思議な状態ではなかった。そんな彼女の状態を知っている、ごく限られた二、三人の関係者も舞台の袖で固唾(かたず)を飲んで見守っている。

「祐」と別れて、この時すでに五年の歳月が流れていた。彼への未練を断ち切るために、身を投じてきた音楽の道だった。

舞台は中盤を迎えようとしていた。前半と一変して、琴の音色が京都嵯峨野を舞台にした和の世界に誘った。舞台中央の大きな丸い盆のせり舞台が上がってくる。会場は一瞬どよめいた。そこにはあでやかな芸者姿で登場した香子がいたのだ。お引きずりの和服姿が妖しいまでの色香を醸し出していた。女は、京都の嵯峨野に泣いた「祇王（ぎおう）」の一生を歌い込んだ香子のオリジナル曲だ。詞の内容はまさに香子の一生そのものであり、自らの身を置き換えるかのように香子は涙さえ浮かべ歌い上げていた。会場は静まり返り、ハンカチを目に当てる者さえいた。

残る曲はあと五曲。司会がクライマックスへと観衆をエスコートする。舞台を見るとそこにはもう香子の姿はなかった。だが一瞬の後には、早変わりをして芸者姿から白い着流し姿になった香子が、舞台中央の丸い盆のせりの上に立っていた。舞台の上では若いふたりの男が和太鼓の拍子をとっている。見上げる香子は粋ないでたちで、その手にはしっかりと二本のバチを握っている。

ドン、ドン、ドドン、ドン。盆のせり舞台が太鼓の拍子に合わせるように上がっていく。香子も激しく乱れ太鼓を打ち続けている。その手には血さえ滲んでいる。

太鼓の音が一瞬止まった。と同時にオーケストラが『無法松の一生』をダイナミックに演奏する。そして男ふたりの太鼓が再び演奏に加わる。粋な着流しで歌い始める香子に、会場のあちらこちらから、「待ってました！」と声援が飛んできた。

『無法松の一生』から香子のオリジナル曲『玄海の竜』に曲が変わる。

いつの間に出てきたのか、チンピラ風の男たちが香子を両脇から羽交い絞めにする。よろけた香子は、そこにあった傘を素早く手に取り、チンピラに向かって振り払う。チンピラたちは舞台両袖に逃げていく。香子は片腕の袖をたくし上げる。白い肌が眩しい。そして燃えるような赤い番傘を天にかざした。客席からは「かっこいい！　艶っぽい！」そんな声がかかる。

この時、香子の身体は過労のピークに達していた。だが客席からの声援、拍手、そして香子の歌への情熱がその細い身体を支えていた。香子は番傘を天に仰ぎながら客席に向かい声をかける。

「この歌は、本日ロビーで販売しているニュー・シングルです。一枚でも多くのお買い上げを心より願っております。よろしくお頼み申します！」

香子の少しドスのきいたその声に、会場からは拍手の渦が返ってきた。続いて大勢のダンサーが『お祭りマンボ』を歌う香子の周りを華やかに盛り上げる。客席も静から動へと舞台と一体になって様変わりしていく。

そして舞台は一変した。津軽三味線の音がと響いてきた。その音が香子の心を切なく、そして郷愁へと誘っていく。今日のコンサートのエンディングの序奏が始まったのだ。その時、香子は一瞬舞台の袖に引っ込んでいた。香子の身体を三人の着付け師が、着流し姿からあでやかな大振り袖姿にあっという間に変身させていた。そして香子の手にしっかりとマイクが渡された。舞台監督が香子を舞台の袖の「出の位置」にエスコートした。

香子の脳裏にはあの茨城のふるさとがあった。亡き父・源二郎を偲び、そして招待した母・文枝の思い出を胸に書き上げた、この日のための作品がこのエンディングの曲だった。

今振り返れば、父や母に苦労ばかりかけてきた。特に父には何の恩返しもできないまま、永遠の別れをしてしまった。母の胸に抱かれて、眠った秋の縁側、でんでん太鼓を手にあやしてくれた父、どんなに遠くなろうとふたりの姿はこの心の中に生きている。そんな香子の心の「故郷」を思いを込めて香子が自ら書き上げた曲である。その詞に香子の恩師の天川誠が、素晴らしいメロディーを付けてくれたのだ。叙情感溢れる見事な曲の誕生だった。そして香子はこの曲に『童の子守歌』とタイトルを付けた。

津軽三味線の音がピタリと止んだ。と同時に尺八の音色が鳴る。舞台監督がポンと香子の背中を叩いた。香子はうなずいて、加賀友禅の大振り袖で静かに舞台袖から歌い出した。客席からはライトの中に浮かび上がった香子の姿と歌声に、溜め息さえ洩れてくる。

早ょ寝ろや　稲穂の里は日が暮れる
　むずかるこの子は
　　親泣かせ

ねんねんころりよ　ねんねとよ
　腕ん中　寝た子の深さ
　　見ちょるばょー
倖せ　他んも　いらんとょねぇー
　　　　いらんとねぇー
秋祭り　笛に太鼓の子守歌
　童（わら）しは夢見ちゃ
　　笑うかょ
　　　笑うかょ

歌い終わる。拍手はいつまでも鳴り止まなかった。

香子が最後の挨拶をする。会場がやっと静かになった。香子は精一杯、会場の聴衆にこの日の声援と支援に対する感謝の気持ちを伝えた。司会を務めてくれた太田凡也にも礼を言う。

今日の日の夢を叶えるために走り続けてきた三か月が今、走馬灯のように香子の脳裏に蘇ってきた。打ち上げ花火のように開いた舞台も今、終演の時を迎えようとしている。

暗闇のような舞台の上から白い紙吹雪が舞い降りてくる。後ろでは郷愁を誘うような津軽三味線の音色が再び流れてきた。この曲は二年後に大作として、シングル発売されることになった。まさに、香子の大作『北の蔵』の誕生であった。熱唱の後の拍手は続いた。

緞帳（どんちょう）が下りてくる。だが会場からは、アンコールを求める拍手と歓声が止まない。緞帳はまた上まで戻される。香子はそのアンコールに『玄海の竜』で応えた。


終演！　やっと終わった。緞帳が下り切った。倒れそうになった香子をマネージャーの向田が支えた。気を取り直した香子は、バンドのメンバーに深く頭を下げていた。

そしてマネージャーとともに会場のロビーに向かった。ロビーのテープ販売のテーブルには多くのファンが列をなして『玄海の竜』の曲を買い求め、さらに『北の蔵』はないのかと係員に尋ねている。係員は『北の蔵』はこれからの発売だ、と汗を流しながら説明している。観客が香子の姿を見つけた。大勢のファンが駆けつけてきて、香子を賞賛し激励してくれた。

「必ず『北の蔵』を発売してくださいね。待ってますから……」

そんなファンの声が香子の耳に残る。

リサイタルは終わった……。

だが、その開演までには凄まじいまでのドラマがあったのだ。

開演二時間前、会場の前には二千名を超すファンが押しかけていた。だが、香子は楽屋に入ることもできなかったのだ。この日のチケットの集金に失敗して五百万円がまだ未納であったため、劇場関係者から舞台の幕は開けさせないと脅かされていたのだ。劇場の地下の部屋で、香子は恐怖と必死になって闘っていた。若いマネージャーはただオロオロするばかり。だが全ての責任は香子にある。

香子は亡き父・源二郎や母の文枝のことを、故郷のことを思い起こしていた。そしてある事を思いつき、賭けに出たのだ。相手もしびれを切らしている。香子はすっと立ち上がった。チンピラ風の劇場関係者も立ち上がり、香子をわしづかみして大声で怒鳴りつけてくる。

「どこに行くんだ！　動くんじゃねぇ！」

「離してください！　私帰ります。それを引き止めたらあなた方は監禁罪になります。私はお金は作ります、と言っているんです。今日幕を開けなければ、あなた方にも信用の失墜という事態とペナルティーが残ります。喧嘩はしたくありません。とにかく十日間だけ時間をください。今日のご祝儀やテープの売り上げは、取り敢えずすべてお渡しします」

「十日間で金ができなかったらどう責任を取るんだ？」

「どう責任を取ったらいいんですか？」

香子とチンピラ風の劇場関係者のやりとりを聞いていた、オーナーの風間という五十過ぎの男が口を開いた。

「分かりました。今ここで絵西川香（芸名）さんに念書を書いてもらいましょう。そしてマネージャーの方に保証人としてサインしてもらいます。それなら幕を開けてもいいでしょう」

香子は賭けに勝ったのだ。

香子は急いで楽屋に入り準備を急いだ。何とかなると思った。開演直前、何とか間に合ったと安堵していた香子の前に、一人の後援者がポンと厚い祝儀袋を手渡していった。一度は辞退した香子だが、心の中で手を合わせるかのように深く頭を下げて受け取っていた。

つい先程までのお金の苦しみが少しだけだが和らいでいた。

盆のせりが地下まで下りてきていた。

「神さま、最後まで無事に舞台が務まりますようお守りください！」

香子はそっと手を合わせると、盆に乗りポーズをとった。舞台の緞帳が上がった。

そして、二時間四十分の熱唱で無事に幕は下りたのだった。客席の誰もが、香子がこの三日間ほとんど眠る時間さえ、与えられなかったことなど知る由もなかった。しかし、やることはやった。歌手として恥じることは何もなかった。自分の持てる力はすべて出し切った。その満足感だけが香子を支えた。

香子は、楽屋への道でひとりつぶやいていた。

(これが絵西川香の引退の花道となれば、もう十分)

戻った楽屋では、あのチンピラと風間という社長が香子を待っていた。

「とにかくスタッフに支払う金だけは、ひとまず払ってくれなきゃ困るな」

威圧するような風間の声が響いた。その声にひるまず香子は毅然として言い放った。

「それだけは困ります。約束が違います。それに着替えますので十分だけ外に出てくださ い。どこにも逃げようがありませんからご安心を！」

香子は急いで帯を解く。汗が滝のように流れている。彼女は外に聞こえないように声をひそめ、待機していたボランティアのスタッフたちに、あるだけのお金を分配して、そっと帰るように指示していた。そして風間を中に入れた。

「開演前の約束で十日間待つと言ってくれたはずですね。マネージャーもサインしてそちらも納得したはずです」

ファンへの感謝の気持ちを果たした香子にもう怖いものはなかった。どんなに威圧されても、脅かされても、自分だけの痛みで終わるのだから……。風間は香子をしばらく睨みつけていた。

「分かった。十日間だけだぞ」

そう言って、楽屋を出ていった。

風間の部下であるはずの専務が楽屋を出ていく時に、香子にそっと囁いた。

「今日のあなたは素晴らしかったよ。歌を辞めようなんて考えないことだな」

いわば敵の言葉だったが、香子には心を慰めてくれる言葉だった。


その夜から香子の元には、激励の電話や手紙が殺到した。だが香子は、それを素直に喜ぶ気持ちになかなかなれなかった。風間に支払わなければならない金のうち、二百万円はどうしても都合がつけられなかったからだ。鏡に写った香子の顔は一回り小さくなって見えていた。そして顔色も青白くなっていた。

そんな時、突然一本の電話が入った。

「もしもし、絵西川香さんでいらっしゃいますか？」

香子には、まったく聞き覚えのない女性の声だった。

「実は先日の舞台を拝見して、感動してしまった者なんです。岡山から来ているので、どうしても明日お目にかからせていただきたいのです」

香子は遠路からのファンの申し出に気持ちよく応じて、会う約束を交わした。

翌日約束のプリンスホテルのロビーに出向くと、六十代の婦人が香子を見つけて手を振った。一人で香子を待っていたその婦人は、見るからに品の良さそうないでたちだった。

「あの日の舞台を拝見してから、絵西川香さんの姿が目の前から離れないんですよ。オホホ。おかしいですのよね。こんなことを言って気を悪くなされると困るのですが……。実は私、先日自分の東京にある不動産を処分したんです。実は昨年主人に先立たれて子どももいないものですから、のんびり豪華船で世界一周でもと思ったんです。そしてその帰り道で、偶然あなたの舞台があった劇場の前を通って、時間もあったので拝見したんです。申し訳ありませんが、それまであなたのことはまったく知らなかったんです。ごめんなさい！」

「いいえ、まだ無名ですから……。でも世界一周なんて素晴らしいですね」

「お話を続けてもいい？」

「あっ、はい」

「気を悪くしないでくださる？　私からの勝手な頼みなの！」

香子はなぜか胸がドキドキした。何か大変なことを頼まれるのだろうか？

「香さん、この通帳のお金をどうかあなたの『北の蔵』の制作のために使ってください！」

婦人は通帳と印鑑を香子の手にしっかりと握らせた。だが香子はそれをそのまま受け取れないと言い、婦人の手に戻した。すると婦人の目には涙が浮かんだ。香子はあわてて頭を下げ、事情を説明しだした。

「奥さま、私のこのような態度をお許しください。奥さまのお気持ちは涙が出るほど嬉しいのです。でも今の私には、『北の蔵』を制作できるような状態ではないのです。それ以前に、先日の舞台で背負ってしまった借金が、大きくのし掛かってきています。その返済も二日後に迫ってきており、このままでは私も歌手生活を続けることさえできないのです。ですから奥さまのご好意に応えることができません。本当に申し訳ございません」

「二日後の当てはおありなのですか？」

「今、いいえ。やはり私のような者にはあんな立派な舞台は無理だったんでしょう。開演の三十分前まで、地下室で支払いのことで脅かされて震えていたんです。でもファンの方を裏切ることはできない、それだけを考え、何とかその場を乗り切り舞台に立ったのです。でも支払いもできそうもないのです。だらしない結果に終わり残念です。せっかく感動したとまで言っていただいたのに……」

香子は夫人にそう言いながらハンカチを目に当てていた。だが夫人はそんな香子を見て笑い出したのだった。

「香さん、いえ香子さん。私のあなたを見た目に狂いはなかったわ。最後までファンの気持ちに応えたあなたは、プロとして見事でした。さぁ、この通帳から借金の返済に必要な額だけ下ろして、その関係者に突き返してあげなさい。そして残りのお金を『北の蔵』のために全部使ってください」

夫人の話し方は母にそっくりで、香子の心は安らいでいた。だがどうしてもその通帳を受け取ることにはためらいがあった。

「何よ！　香子さんらしくないわ。『玄海の竜』を歌って、赤い番傘をかざして見得を切った時の、あの粋な香子さんはどこへ行ったの⁉」

夫人はそう言って通帳を広げて香子に見せた。香子はその七千万円という金額に正直言って驚いていた。そして改めて通帳を受け取ることを辞退したのだ。

「これだけの金額では世に出ることは無理かもしれません。でも売れても、売れなくても、私に絵西川香という歌手の生き様を、夢を見させてください」

香子は救われたのだ。香子は夫人の手を黙って握りしめていた。なんと言って感謝の気持ちを表していいのか分からなかったのだ。

香子は夫人とともにあの風間の事務所を訪ね、舞台費用の返済に決着をつけ、その足で夫人とともに岡山まで同行したのだった。ふたりは夫人の大豪邸で、お互いのこれまでの道のりを、半生を語り合い、朝を迎えたのだった。

「香子さん。私は今まで多くの歌手を見てきたわ。でも、無名でも絵西川香の舞台姿は誰にも真似することができない色香があるの。それがあなたの武器よ。何とも言えない素晴らしい歌手だと思うわ。私には家や財産はあっても心は空っぽなの。でも今の私にはあなたという夢が、生き甲斐になってきたわ。『北の蔵』が本当に楽しみだわ」

夫人はそう言い、キッチンに立って食事の用意にかかり出した。香子はその姿を見ながら、久方ぶりの心地良いプレッシャーを感じていた。

三日間を夫人と過ごした香子は東京に戻った。その新幹線の車中で香子はワクワクしていた。翌日には、名プロデューサーと言われる人に会うことになっていたからだった。香子は『北の蔵』のレコーディングに向けて新たな旅立ちをしたのだった。

# 第七章　無　情

　香子が『北の蔵』のプロデュースを依頼したのは、この世界でも実力者と言われる辣腕の及川というプロデューサーだった。及川事務所に連絡をとって三日後、及川本人から電話がかかってきた。滞在中のアメリカからだった。

「あなたのテープは聞きました。久しぶりに興奮しましたよ。ぜひ協力させてください。私の持てる力はすべてお貸しいたします。ＣＤ発売は最もいい条件の会社を選び発売しましょう」

　もの静かだが、その力強い言葉に香子は頼もしさと誠実さを感じていた。香子は早速、岡山の夫人に連絡をしてその電話の件を報告した。そして『北の蔵』の作曲者でもある恩師の天川誠にも報告の電話を入れると、ボイス・トレーニングに協力すると言ってくれた。

　香子はベランダに出て、心地良い風を感じて歓びをかみしめていた。そんな香子の耳に電話の音が響いてきた。実家の姉の由美子からだった。

「香、元気？　実は貴女に言おうかどうか考えて、考えてその結果で話すんだから、ちょっと聞いてね。実は数日前にあの篠沢健一さんがお見えになったの。それでどうしても一度あなたから電話がほしいんですって。どんな用件かを聞いてもどうしても香ちゃん本人に言うって教えてくれないの。何だか分からないけど電話してみてくれる」

香子は姉の怪訝そうな顔が浮かんできて、思わず笑い出してしまった。

「あっ、何よ、香ちゃん。分かった。まだもてると思ってちょっと嬉しかったんでしょ」

「ちがうわよ。由美子姉さんが悩んでも仕方ないのにって思ったのよ。分かったわ、電話してみるから番号を教えて！」

由美子は健一の番号を香子に伝え電話を切った。香子は以前姉から聞かされた健一のことを思って心が温もるのを感じていた。彼は今も香子のことを想い、亡き父の墓にも母の了解をとって墓参りしてくれたという。健一の相変わらずの優しさであった。

香子は姉から教えられた番号を押した。すぐに健一の明るい声が聞こえてきた。

「やぁ、元気かい？　実は電話をもらったのは家を建てたからなんだ。安月給だったから随分時間がかかったんだけど、何とか完成したよ。でも、どうしても香ちゃんに見てもらいたいんだ。どうだろう、それは俺の夢なんだ。その夢を叶えてもらえないだろうか？」

健一は、一生懸命自分の夢を香子に伝えようとしていた。電話の向こうの健一の誠実そうな顔が香子の脳裏に浮かんだ。

「分かったわ、来週仕事で水戸まで行くから、その帰りにお電話します」

電話を切った香子は、十四年前の健一との恋の破局のことを思い出していた。健一はしっかりと香子を愛していた。香子もその一途な愛を、プロポーズを受け入れた。だが健一の母親の反対で、香子は自殺をはかり決定的な別れを迎えてしまったのだ。その後のふたりの人生は決して幸せではなかった。健一は香子のことがいまだにあきらめきれずに独身を通しているし、香子はその後で「祐」との恋と生活に破れているが、いまだに心のどこかで「祐」を想い続けている。待ち続ける人生は無情なまでに似てはいるが、待つ相手が異なるふたりの人生は、重なり合うことはこれからもありそうもなかったのだ。

「祐」とはあのコンサートの売上金が盗難に遭い、六十万円がどうしても都合がつかなかった時に冷たく対応されて以来、電話もすることがなかった。あの時の辛さは時間が経ってみると香子の中に生まれた思いやりで、遥か遠くに消えていったかのようだった。逆に今では、あの時の「祐」にはどうしようもない事情があったかとも思えるのだ。また倒産の危機に襲われたりしてないだろうか、そんな事も考えていた。だが、「祐」への思いと電話番号は、あの静岡の海でしっかりと封印されたままであった。

篠沢健一、関崎祐、ふたりはあまりにも対照的だった。優しい健一と、女性をグイグイと引っぱっていく「祐」。健一の優しい声を聞いて、逆に「祐」の声を思い出していた香子、十四年ぶりに聞いた健一の優しい話し声にも、香子には何のときめきも喜びも感じられなかった。

数日後、香子はボイス・トレーニングの合間をぬって、水戸の駅に降り立った。本当は仕事の帰り道ではなかった。そうでも言わなければ、健一に勘違いされると困ると思ったのだ。久方ぶりの水戸だったが、香子の胸には何も感慨はなかった。プラットホームでは健一が手を振っていた。

「香ちゃん、わがまま言って。来てくれてありがとう。でも本当に変わらないね、香ちゃんは。むしろきれいになったね、東京人になって」

そして嬉しそうに車にエスコートし、健一の家に向かった。あの別れからもう十四年になっていた。健一の髪には白いものが混じっている。健一の家に着く。あの時、健一の母に結婚の許しをもらえず、逃げ帰るようにこの家を後にしたのだった。だが、そこには以前見た時の家とは異なり、真新しい家が建っていた。

「これが自分の設計で建てた俺の新しい城だよ。香ちゃんに見てもらいたい、それだけで頑張ってきたんだ」

香子の目の前に日本の伝統的な建築と洋式の建築様式を巧みに取り入れて、なおバランスよくおしゃれに作られた家が建っていた。白い壁に赤いレンガが映え、それはいつか香子が健一に話した夢の家のイメージそのままの家だった。健一の夢というより香子の夢を叶えたものであるような気がした。

「健一さん、よく頑張りましたね！　とっても素敵ですよ」

健一は照れたように香子を家の中へと促した。そして、キッチンへと案内した。

「こっちを見て！　香ちゃんをイメージしてデザインしたんだ。どうかな？」

そこには香子が以前話した憧れのキッチンが作り上げられていた。健一の目の前には、あの日以来思い焦がれてきた一人の女、深見沢香子がいた。健一は嬉しさを隠さず喜んでいる。だが香子はそんな健一を見てますます切なくなってきていた。

「本当にリビングも素敵ですね。今日はこんな家を見せていただいてありがとう。後はお嫁さんだけね。もっとも私にはそんな偉そうなことは言えないわ。いまだに私も独りですものね」

そんな香子の言葉に応えるかのように、健一は五年前に癌で亡くなった母親が最期に言った言葉を伝えた。

「お袋は最期にこう言ったんだ。香子さんのことであんなに反対して本当に申し訳なかった……。亡くなるまで毎日のようにそう言っていたんだ」

香子は下を向いたまま健一の言葉を聞いていた。そして和室のほうに目をやり、言った。

「健一さん、お母さまにお線香を上げさせていただけますか？」

「ありがとう。お袋もきっと喜んでくれていると思うよ。これでお袋も成仏できると思う」

香子は仏壇に手を合わせてから、健一に向き直り、自分の気持ちを素直に伝えた。

「健一さん、私お母さまのことを恨んだりしなかったわ。私と健一さんが結婚できなかったのは運命だと思っているの」

そしてもう一度仏壇に向き直りこう言った。

「お母さま、健一さんは素晴らしい息子さんです。こんなに頑張っています。ずっと見守ってあげてください。本日はお邪魔いたしました」

「健一さん、そろそろ失礼します。本日はお招きいただいて本当にありがとうございました」

香子はそう言い、スカートの両端を持ちあげるようにバレリーナのようにポーズして腰を下げていた。

「昔のままだね。本当に可愛いもの。いや、でももっときれいになって色気も出てきたのかな」

「お世辞でも嬉しいわ。来た甲斐があったわ」

健一とともに香子は水戸の駅に向かった。駅に着くと、周囲の男性はみんな香子を振り向く。健一はそんな周囲の目を気にしながらも、今自分の置かれている立場を一生懸命に香子に伝えていた。地道に努力して今の会社で出世して、次期社長候補のナンバーツーにまでなったことなど説明した。そんな健一の話から、香子はいつか自分が戻ってきてくれることを健一が強く望んでいることを感じていた。だが今の香子にそんな健一の純情に応える術（すべ）もなく、できることでもなかった。

（サヨナラ、健一さん。もう私のことは忘れてステキなお嫁さんを見つけてください）

香子はもう二度と健一には会わない決意をしていた。そんなことを知る由もない健一は、雨に打たれながら香子の姿が見えなくなるまでホームに立ちつくしていた。途中、実家のある町を通り過ぎた。そして東京に戻ると電話には姉の由美子からメッセージが入っていた。すぐに姉に電話を入れたが、芸能界にいることを心配していた姉には、香子は最後までレコーディングのことは言えなかった。

東京に戻り約一か月が経とうとしていた頃、香子が『北の蔵』のプロデュースを依頼した及川氏がアメリカから帰国したという知らせが入った。香子はいよいよ、という気持ちで身体全体に心地良い緊張感が漲ってくるのを感じた。そして岡山の夫人に電話をしたのだった。

「お風邪を召したようなお声ですけれど、大丈夫ですか？　実はアメリカから及川さんが帰国したので、いよいよレコーディングの準備が始まります。それをお知らせしたくてお電話させていただきました」

「風邪は大したことないの。鬼の霍乱みたいなものよ。でも香ちゃんの声を聞いたら元気が出てきたわ」

夫人の声は、電話の最初の時より心なしか元気にもなってきたようだ。

「ねぇ、香ちゃん。私からの提案なんですけど、一度関係者の方に集まっていただいて東京でお食事会でも開かない？」

夫人は電話が終わる頃にはすっかり元気を取り戻していたようだった。夫人との電話を終えた途端に、また電話のベルが鳴った。

「及川です。たびたび申し訳ありません。先程の電話で言い忘れたことがあったものですから……。実は今回の『北の蔵』のカップリングの曲なんですが、絵西川さんに書かせてみたらどうかというのが、レコード会社の意見なんです。ディレクターや宣伝の方たちがあなたの詞を見て素晴らしいと言うんですよ。どうでしょう？　勉強のつもりで書いてみたらと僕も思うんだけど」

及川の説得力のある声が香子の心を動かした。香子は一瞬、間をおいたが、明るく元気に応えた。

「はい、頑張らせていただきます。宜しくお願いします」

香子はまた岡山に電話を入れて、先程の及川の電話の件を伝えた。

「良かったじゃない！　ねぇ、素人の私のアイディアなんて恥ずかしいんだけど、聞いてくれる？　『北の蔵』がどちらかというとスケールの大きい曲でしょ。だからB面は誰にでも歌えるような曲に仕上げてみたらどうかしら？　私ね、あなたがリサイタルで歌った京都の祇王の一生を歌ったあの曲が忘れられないの。あなたのゾクッとするような色香は、絶対にあなたならではのものなんだから……。あっ、そうだ。香ちゃんは今は恋人がいないって言ってたけど、それはあなたにその気がないだけ。男だったら誰だって放っておくわけがないもの……。でも今までの恋愛の経験を書いてみたらどうかしら。私そういう歌が歌いたいの。心にいっぱい愛が、恋が溢れていた時のことを思い出して、あなたなりに歌の中にその世界を再現してみたらどうかしら。きっと素敵な詞が書けると思う、あなたなら絶対にできる！」

夫人は一気に熱っぽく香子に語り続けた。その言葉は香子にとって何よりの励ましだった。電話を切った後も香子は放心したように、リビングの天窓から見える星を見続けていた。夫人から貰ったワインを開けグラスに注ぐ。久しぶりの酒が香子を酔わせていた。ひとり暮らしの寂しさが、こんな時にはそっと忍び寄ってくる。

夜半過ぎから雨が降り出してきた。小窓にも雨が降りかかっている。香子はぼんやりと、そして寂しそうに窓ガラスを見つめていた。

「祐さん！」

心の中に封印していたあの名前が甦ってきた。久しぶりの酒がそうさせたのか、詞を書く気持ちがそうさせたのか……。これも運命なのであろうか。香子の頬に小雨のようにとめどなく涙が流れていた。香子は雨に曇る窓ガラスに息を吹きかけた。「祐」、その一文字をガラスに書きなぞった。運命に流されて、今辿りつく港の灯さえも見えなかった。

（今ごろ、祐さんはどうしているのだろう？　どこで暮らしているの？　私のことなど思い出すことなんてあるのだろうか……）

あの大きな身体に風呂上がりのバスローブを羽織らせたい。あの大きな身体でもう一度この部屋を歩き回ってほしい。そして私の側にいて、私の身体に触れてほしい。もう一度、「祐」の唇にそっとこの指を触れてみたい。そして、あの大きな身体の中にすっぽりと包まれてみたい……。

香子の心は堰を切ったように泣いている。雨は次第に強くなってきた。

だが、時を同じくして「祐」の心にも大きな変化が訪れていた。「祐」もまた、香子の居所が気になり出していたのだ。今になって「祐」も香子のことが偲ばれて、苦しい思いをしていたのだ。

「祐さん、そんなに毎晩深酔いしていたら身体にさわりますよ」

割烹着姿の年配のおかみが祐の肩をポン、と叩いた。

「俺が馬鹿だったんだ。あんなひどいことを言ってしまった。何があろうと俺が悪かったんだ。一度は俺の妻だったんだ。一緒に暮らした可愛い女房だったんだ。最高の妻だったのに、あの時の俺はどうかしていた」

「祐」の心の中に香子との思い出が走馬灯のように駆け回っていた。雨が激しくなってきた。十坪程度の小さな飲み屋の中は、十二時を過ぎ、もう誰も客はいない。

「おかみ、今夜は俺の話を聞いてくれ！」

「分かったわ、朝まで聞いて上げるわ。今夜は私のおごりよ、飲み明かしましょう」

女将はそう言ってのれんをしまい、「祐」に新しい酒を出した。「祐」にはそんな女将の温かい心が嬉しかった。

「俺の会社が倒産してしまった時、一緒になったんだ。香子という女だった。五年間俺を信じて、俺を懸命に支えてくれたんだ。そして会社が再建できた時にも、その設立パーティーで見事に客をもてなして、俺を引き立ててくれた。とにかく品も良くて、和服も似合い、なんといっても独特の色香があって……。今でもあいつの姿が目に浮かんでくるよ。あいつの両親にも本当に大切にしてもらったんだ」

「それで？」

「うん、でも俺も馬鹿な男だ。いつの間にか朝帰りをするような男になっていたよ。そんな朝帰りが続いたある日、あいつは俺に向かって言ったんだ。『あなたを殺して私も死にます』って。俺は『殺せるなら殺してみろ』って言ってしまった。そしたらあいつは『包丁で刺したくてもそんな大きな身体は突き通せない』って泣き崩れたんだ。俺はそんな言葉が可愛くて思わず抱きしめたくなった」

酒が言わせるともなく、「祐」は、いとおしさを隠しもせずに、香子のことを語り続けて涙を流していた。横で女将がもらい泣きをしている。

「なんていじらしい方なんでしょう。ほら、新しいお酒よ、バカ男さん！」

「あの香のきれいな目がいつの頃からか、いつも涙で潤んでいた。俺が帰らない日にはきっとひとりで泣いていたんだろう。俺はあいつを幸せにできなかった。そしてある晩、別れてくださいと泣いて俺に訴えてきた。何を言っても彼女の心は変えられなかった。そして去っていった」

「祐」はひとりで話し続けていた。

「世間知らずのお嬢さんが芸能界で生きていくって言うんだ。俺は正直言って不安だった。だが、あいつは苦労しても絶対に泣きついてくることはなかった。そんなあいつが一度だけ俺に頼み事をしてきた。余程困っていたんだろうな。だが、そんなあいつに俺は冷たく突き放してしまったんだ。ひどい男だろう！　その日から一切電話も連絡もなくなってしまった。その前、いつだったか。一度俺が新しい女とのトラブルで電話した時も、俺を責めることもせずに、新しい女性を大切にしなさいって諭されてしまったんだ。俺の醜態をどんな気持ちで受け止めていたんだろうな？　今考えると子どもも作らず、じっと俺の帰りを待っていた日々は、あいつには幸せなんてなかったんだと思うよ」

女将はじっと「祐」の話を聞いていた。三浦港にも、香子がいる東京と同じような雨が降り続いていた。

「祐」は香子の電話番号が変わったことを思い出していた。結婚でもしたのだろうか、そんな思いが「祐」の心の中をよぎった。居酒屋の窓から港の灯が見えている。窓を叩きつける雨粒が、あの夜の香子の涙となって「祐」に会いに来たような気がした。

「逢いたい、香子に！」

だが、今の「祐」には香子の居所も分からないのだ。実家に問い合わせれば分かるのは承知しているが、実家の方もあれほど「祐」を大切にしてくれたにもかかわらず、香子を捨てるようにして別れてしまったのだ。いまさら電話するわけにもいかなかった。香子がどうしているのか、「祐」の心の中にそれだけが浮かんでは消えていく。


夜中の二時を回っていた。雨はまだ降り続いている。香子は、机の奥深くにしまいこんでいた「祐」の写真を取り出し、さっきからずっと見つめていた。そして昔を思い出していた。田舎町で香子がお店をオープンした頃のことだった。

篠沢健一が香子に恋の告白をして十日後に香子の店がオープンした。「祐」はその中のひとりの客だった。香子はひと目で「祐」に好意を抱いていた。だが、その時の香子にはすでに健一がいたのだ、結婚の約束さえしていたのだった。「祐」もまた香子がひと目で好きになっていた。だが、同時に健一の存在にもすぐに気づいていた。

（遅かったのか？）「祐」はじっと唇をかみしめていた。

だが何日か経った雨の夜、お店が終わって帰ろうとしていた香子は、傘もささずにじっと立ちつくしている「祐」の姿を発見した。

「どうしたの祐さん？」

「香！　好きなんだ」

突然の「祐」の激しい恋の告白に香子は身体を震わせた。

「そんなこと言わないでください。私にはもう婚約している人がいます。無理を言わないでください。もっと早くお目にかかっていれば……」

香子は心を殺して、そして声を押し殺して泣いていた。

「悪かった。何もなかったことにしてくれ。明日からは俺の妹だと思う。それならいいね」

「ええ！」

香子は涙を拭きながらうなずいた。そしてひとつ傘に入って帰っていった。

あの夜もこんな雨が降っていた。今二人はそれぞれの場所で降り続く雨を、街灯りを見つめていた。返らぬ昔の恋を思い出して……。

「祐」が三浦に引っ越したのは、一緒に暮らす李という女のことで香子に迷惑をかけて間もなくのことだった。これ以上迷惑をかけられない、そう思い「祐」は少しでも香子から離れた方がいいと考えたのだ。性格も行動も香子とは似ても似つかない、李という女に「祐」は後悔していた。他国の女性との価値観の差がこの頃になって「祐」の肩に大きくのし掛かってきていた。家に帰る時間もどんどん遅くなってきていた。

「祐」は女将にタクシーを呼んでもらい、その割烹着の中にチップを忍ばせた。

「おかみ、今日はありがとう、感謝するよ。でも、どんなに香子に逢いたくても、きっと逢ってはもらえないだろうな」

「なに言ってるんですか！　必ず探し出してしっかりと抱いておやんなさい！」

女将の一言が「祐」の心に染みた。

「でも、結婚しているかもしれない」

「いいえ、私の女の勘ですけど、香子さんは結婚していないと思うわ。そして、今でも祐さんのことを思っているような気がするの。関崎祐の妻であった誇りを胸に持ち続けているうちは、女は他の男になんて心が動かされないんですよ。それが女ってもんなんです。もし再会できたら一度は私にも会わせてくださいね」

女将の言葉が祐を元気づけていた。タクシーが到着して軽くクラクションを鳴らした。

「祐」は心寒い自宅に戻っていった。

そしてその頃、香子はなかなか眠れずにいた。浅い眠りの中で大好きな「祐」と出会った頃のことを夢に見ていたのだ。遠くに雨音が聞こえていた。そして夢の中にまでその雨音が忍び寄ってきた。いつしか深い眠りの中に沈んだ香子の心の中に、天空から一筋の光が注がれていた。香子の身体は右に左にと揺れている。まるで舟の中にいるようだ。長い髪が香子の肩に絡んでいる。

この日、この朝、「祐」との愛を偲んで作った作品が誕生したのだ。ふたりのこれからの「道標」となるかのように……。

この作品がやがて全国のカラオケファンに愛され、香子の感動の舞台での活躍が始まるのだが、今はまだ香子さえ知る由もなかったのだった。

# 第八章　再　起

新曲が出来上がった。香子は早速、岡山に電話を入れた。

香子は心を込めて夫人に読んで聞かせた。

「泣かせるわねぇ。モデルの女性は何て健気なんでしょう。タイトルの『秘恋』というのもいいわ。秘められた恋……。なんて素敵なんでしょう。ロマンチックで、斬新なタイトルだわ。やっぱり私の勘は狂っていない。貴女は天才よ。今まで隠れていた才能を、いよいよ皆さんに引き出してもらう時期がきたようね。頑張りましょう！」

夫人の声は涙声になっていた。香子に深い情愛を持っていてくれるのがひしひしと伝わってくる。夫人への電話を切ると、今度は及川氏にメッセージを添えてＦＡＸで詞を送った。

恋い焦がれ、添い遂げられないままに、今なお心に秘めた恋ゆえに、その想いが涙の渦となって香子の心に甦り、一気に書き上げた作品だった。この『秘恋』は香子自身をモデルにして書き上げたのだ。

　昨夜の雨嵐とともに熱い女心を綴ったのだが、それはまるでテレパシーのように「祐」の心をも泣かせていたのだ。しかし、まだそんなお互いの状況など知ることもなかった。そして香子は、目まぐるしいスケジュールの生活にいっそう、エネルギーをそそいでいく。

　六月の爽やかな陽光が香子の枕元に差し込んできていた。だが香子は朝早くから起き出し、今か、今かと及川氏からのＦＡＸの返事を待っていた。時計が十一時を知らせた。及川氏からの電話が入った。

「たった今、レコード会社からＯＫの返事が入りました。『秘恋』はスタッフ全員の意見で採用されたのですよ。あなたの詞が素直に書かれており、誰もが共感できる内容だったのも良かったと思います。本当に情景が浮かんでくるようですね。とにかく会社の皆さんが絶賛してくれたんですから……。良かったですね」

　香子はたった一日で書き上げたのだった。だが、香子自身も自信がある作品だった。

「私も正直言って驚きましたが、ますます絵西川香のファンになってしまいそうです。これからは精一杯協力させてもらいます。ところで、明日のスケジュールはどうなっていますか？　午後から二時間ほど打ち合わせに入りたいと思っているのですが……」

　及川の言葉に元気よく「大丈夫です」と応えたものの、レコード会社との打ち合わせという急な展開に、何となく心細くなってきていた。だがその反面、正直いって心が宙に浮いているようだった。

及川の言葉を岡山の夫人に伝えると、夫人は最終便で上京するという。

「何をおいても香ちゃんの側にいてあげなくっちゃ」

香子はそんな夫人の心遣いが本当に嬉しかった。今の香子には夫人が何よりの心の支えだったのだ。

『北の蔵』と『秘恋』、ともに香子には深い思い入れがある作品だった。

津軽を舞台に酒の味を極めるために、ただ一筋に酒造りに賭けてきた夫に、生涯支え続ける妻。『北の蔵』は美しい夫婦愛がテーマだった。それは同時に添い遂げることができなかった「祐」との生活に重なり、叶わなかった夢を一心に紡ぐように書き上げた詞だった。

『秘恋』は『北の蔵』とは逆に男女の恋模様がテーマとなっており、舞台は北陸金沢の街だった。香子自身の秘められた女心が三コーラスにまとめられており、『北の蔵』とは対照的な作品に仕上がっていた。

明日はいよいよアレンジなど具体的な打ち合わせが始まる。香子の胸は高鳴っていた。発売したシングルは五作品ある。だが、ヒットしたものはなかった。香子は心に決めていた。『北の蔵』と『秘恋』のこの二曲で世に出ることができなかったら、歌手としての生活にピリオドを打つことを……。

とにかく、発売されたらまず『北の蔵』の舞台となった津軽に行きたい。そして、この二曲を持って全国ロードのキャンペーンを実現させたかった。

（一からの出直しだわ、死にもの狂いで頑張らなくては……）

今までまったくチャンスがなかったわけではない。だがその時は、「祐」との生活を第一に考えていたのだ。会社再建のために奮闘する「祐」を支えようとして香子は、大手プロダクションの誘いを断ったこともあった。また、香子自身も音楽で生活していくなど、その時点では夢にも考えていなかった。歌手はアルバイト程度でいい、生活の中心はあくまでも「祐」との家庭だと考えていたからだ。

若い時ならともかく、今の香子に大手のプロダクションからの誘いなどあるはずもない。香子は現実の世界の厳しさを知り尽くしていた。今までの香子は、キャンペーンもたったひとりでこなしてきた。そして、それこそ清水の舞台から飛び降りるつもりで開いたあのリサイタル。好評だったものの大きくのし掛かった借金。

だが、神様は香子を見捨てなかった。その時、岡山の富豪の小暮夫人が救いの手を差し延べてくれたのだ。もしかしたら、小暮夫人に巡り合わせてくれたのは天国の父・源二郎かもしれない。そう香子は思ったこともあった。

チャイムが鳴った。待ちかねていた岡山の小暮夫人が到着したのだ。

「香ちゃん、良かったわ。素晴らしい作品が出来上がって。よく一晩で書き上げたわ」

小暮夫人は香子のことを眩しそうに見つめている。その目はまるで母親のようだった。

香子は、夫人のために揃えておいた京都の清水焼の茶碗でお茶を淹れた。

ひと段落したところでふたりは、ハイヤーを呼んで表参道へ出た。夜だというのに昼間と変わらぬ賑やかさがそこにはあった。夫人が食事のために香子を外に連れ出したのには訳があった。夫人はさりげなく香子をブティックに誘った。そこは高級ブランドの洋服が揃ったファッショナブルなブティックだった。

「明日アレンジの打ち合わせに着ていく服を買いましょう。まぁ、なんて素敵なの。服があなたを美しくさせるのではなくて、貴女の色香がこの服を際立たせるのよ」

夫人は香子を鏡の前に立たせて、楽しそうに何枚も服を選んでいる。香子も以前はこんなお店によく出向いていたこともあった。社長夫人として着るものは、すべてブランド品だったこともあった。だが「祐」と別れ、残されていた五千万円足らずのお金は歌手としての夢を追いかけている間に、すべて無くなってしまっていたのだ。だが、それだけのお金ではスターにはなれないのだ。ビッグスターと呼ばれる歌手たちは、なんらかの形で億単位の資金力でプロジェクトを組んでいるのが現実だった。

香子は小暮夫人の優しさが身に染みていたが、曲が発売されたら後はなんとか自分の力で頑張るつもりだった。富豪であろうと、あり余るお金であろうと大切にしなければならないのだ。香子はここ何年かの生活で、お金の大切さが身に染みていたのだった。

洋服を三着買ってその店を出ると、今度は靴とバッグだという。さすがに香子は戸惑いを覚え、困ったような顔をした。

「もう、これ以上は……。靴もバッグも沢山ありますし……」

「分かっているわ。でも明日は記念の日、特別の日なの。それに母親の楽しみを取り上げないでくださいね！」

夫人は心からそう思っていたようだった。香子は心から感謝し、そして甘えなければと思った。

「そう、じゃあ、お店を丸ごと買ってくださる⁉」

「まぁ、香ちゃん、大きく出たわね。その調子よ。それくらいじゃなきゃ、大スターにはなれないわ」

ふたりはお腹をかかえるように笑っていた。

朝が来た。香子は愛車ボルボに小暮夫人を乗せ、及川の事務所に向かった。及川は香子をアメリカナイズされたゼスチャーで迎えてくれた。香子は改めて小暮夫人を及川に紹介した。

「絵西川さんからお話は伺っております。今後とも宜しくお願いいたします」

及川はそう言って、夫人と香子を近くのレコード会社へ案内してくれた。そこのスタジオロビーでは、レコード会社の五人のスタッフが出迎えてくれた。その中には著名なアレンジャーもいた。そして間もなく作曲家の天川誠も到着し、打ち合わせが始まった。

打ち合わせは熱を帯びていた。香子はデビューしてから何回となくこんな場面に立ち会っているが、今回は今までとはまったく違っていた。ディレクターはヒットメーカーとして名高い立早氏が引き受けている。及川氏と立早氏の息づまるような真剣な討論が続いている。香子も作詞者として、歌手としての意見を求められ、自分の心のうちのすべてを吐き出すかのようにして話した。そんな緊張感が香子にはたまらなく嬉しかった。

打ち合わせの後の食事会では、今まで黙って控えていた小暮夫人の出番だった。品の良い話題で座を盛り上げ、そしていつの間にか、さりげなく全員に小袋に入れた謝礼を渡していた。レコード会社のスタッフも及川氏も夫人には一目おいているようだ。それは袋の厚みがそうさせたのか、それとも、この何時間の中での夫人の立ち居振る舞いがそうさせたのだろうか……。

それから十日が経った。『秘恋』と『北の蔵』のアレンジが出来上がってきた。

小暮夫人は一度岡山に戻ったが、落ち着かないといって三日前には東京に来ていた。特に今日は朝早くから、香子以上に落ち着かない様子でコーヒーを飲んだり、お茶を飲んだりと忙しい。香子はそんな夫人を伴いスタジオにやってきた。

スタジオは緊張感に包まれていた。ディレクターが中央の椅子にしっかりと腰を下ろしている。香子もその横に自分の位置を決めて座った。五十八名の大オーケストラがコンダクターの合図を待っている。『秘恋』が先だという指示が出る。編曲者がコンダクターを務めている。

演奏が始まった。リズムのドラムスが響き、ストリングスが立ち上がる。だがその瞬間、香子は違う、と思っていた。それは日本海、北陸の金沢の音ではなかった。むしろ品の良い京都の音だった。次はどんな音が出てくるのか、香子は固唾を飲んでエンディングまで聴いた。だが、そこにはついに、吹きすさぶ日本海の空に、鉛色の雲が低く垂れ込め、雨から雪に変わるあの金沢の街の心暗い音はなかったのだ。このアレンジは香子の心ではなかった。素敵すぎる、美しすぎるのだった。

京都に泣いた女じゃないの。金沢、北陸なの。長い歳月の中で震えて咲いているさざんかの花。まるで誰かを待つように、鉛雲から落ちる雪の寒さに耐え、じっと心に秘めて待ち続ける女心。寒さの方が強い。いつまでも晴れることのない日本海の鉛雲のそれでなくてはならない。

アレンジには、むしろ泥臭さが欲しかった。曲調フレーズも甘く仕上げてある。だから、泥臭い甘さがアレンジで加われば絶対に泣けるのだ。

だが香子は気持ちを切り替えて、ともかく感謝した。

すでに『北の蔵』の音合わせが始まっている。五十八名の大オーケストラが一瞬静まりかえった。緊張が走る。香子に振り向き、コンダクターが棒を振った。大サウンドが響き渡った。夫人はすっかり感激している。やがて演奏が終わった。一瞬静まり返っていたスタジオの中に大拍手が起きた。香子は夫人と向き合い抱き合っていた。夫人は涙を流していた。

「香ちゃん、音楽の素晴らしさがやっと分かったような気がするわ」

小暮夫人は興奮していた。

「香ちゃんはいつも私に言っていた。ステージのスポットライト以前に音楽の素晴らしさに魅力を感じるんだって。分かったわ、この事だったのね」

香子も感激して大きな目を潤ませて言った。

「ありがとうございます。ひとつの作品が、まるで赤ちゃんが誕生するように生まれてきたの。作者は生みの親、そして歌手が育ての親とでもいうのかしら。とにかく大切に育てなければ……」

その後は関係者全員で飲み歩いた。飲みながらディレクターが香子に言った。

「一週間後は歌入れですよ。アレンジに負けないようにガンバッてくださいね」

ディレクターの言葉が香子には嬉しかった。スターはいつも、こういったスタジオでのレコーディングに慣れている。だが香子は、キャリアだけは長いが無名の歌手だった。翌日も早くからジョギング、ボイス・トレーニングなど、レコーディングに備えての準備に余念がなかった。

そしてレコーディングの当日が来た。小暮夫人は付き人をスカウトしてきて、しっかり香子をサポートしてくれた。ディレクターは香子に『北の蔵』からいくと言う。香子はその言葉にうなずいた。この曲は難しくて体力のいる歌なのだ。香子は緊張して何度も喉に水分を与える。夫人がそっと香子の側にやって来た。

「香ちゃん、リハーサルだと思って！　ねぇ、気を楽にしてね」

夫人がVサインで笑顔を送った。香子も笑顔を返した。

津軽三味線の音が香子の耳から身体の中に流れてきた。夫婦愛がテーマの曲である。

(祐さんは私にとって永遠の夫なのです)

「祐」は香子の心に宿る一点の灯だった。香子は心を落ち着けて歌い出した。

亡き父・源二郎と年老いてきた母の文枝。そのふたりがまだ夫婦として寄り添っていた時、香子はいつも思った。ふたりのような夫婦になりたいと！　どんな時でもふたりで力を合わせ、家庭を会社を守り通してきたのだった。この曲が仕上がったら、母さんに届けたい、香子は胸の奥でそう思っていた。

メロディーはやがて二番に入る。

♪死ぬまで添い遂げる♪　そんな詞に香子は心の中に迫り来るものを感じていた。

だがその時、香子は思い出していた。ディレクターが、あまり過剰に感情を入れ過ぎないように歌うことを指示していたことを。香子は心を込めて歌うことだけを考えていた。

「祐」もこの詞のように、どこかの土地でそれなりに年を重ねているのだろう。そう思っていた。

ディレクターからOKのサインが出た。だが念のためにもう一回録音するという。そして、それもOKのサイン。こうして『北の蔵』の曲は仕上がった。

「一息入れてください！」

ディレクターの声が香子のヘッドフォンに入ってきた。

ホッとしている香子に、小暮夫人が近付いてきてＯＫのサインを出した。

「良かったわ」

そして、休憩の後に『秘恋』のレコーディングに移った。二回目を歌い終わるが、どうしても気持ちが入っていかない。泣けないのだ。関係者全員が香子を見つめている。香子の気持ちが乗らないことが分かっているのだ。

「どうした？　この曲は君自身がモデルなんだから、その時の心を思い出して……」

ディレクターの声がヘッドフォンから飛んできた。そしてスタジオ内の電気を薄暗くしてくれた。香子は苦しんでいた。どうしても泣けてこない。だがスタジオの照明も暗くなって気分が変わったこともあって、もう一度心を入れ替えて歌い出した。

歌い終わった。香子は今一度チャレンジしたい気持ちもあったが、ディレクターはＯＫのサインを出している。香子は彼を信じることにした。「お疲れさまでした」と頭を下げた。後は発売の時を待つだけだった。

香子と小暮夫人は自宅でゆっくりと食事を取り、リビングのソファーに身を沈め、何回も何回もデモ・テープを聴いた。長かった下積時代、何度となく味わった挫折。もう終わりだとあきらめかけた時、小暮夫人によって再起のチャンスが巡ってきた。香子は、静かに、だが力強く、心の中に闘志の炎が燃えているのを感じていた。

# 第九章　北国・津軽

発売を十日後に控えたその日、香子は岡山の小暮夫人を訪ねた。初めて岡山を訪ねたあの日から数か月の時間が過ぎていた。夫人は駅まで迎えに出てきてくれていた。夫人の手料理で、しばらくぶりの会話を楽しんだ後、香子は自分の胸のうちを夫人に話し出していた。

「曲が発売されたら、どうしても北国にキャンペーンに行ってみたいと思っています。半年くらいかけるつもりで、じっくりと津軽を最終目的地に、茨城の水戸からひとりでスタートしたいと思っています。それには今の部屋は広過ぎます。ですから荷物が置けるだけのスペースの小さな所に引っ越して、万全の体制で臨みたいと考えています。全国ロードキャンペーンの経費はテープを売りながら捻出していきます」

夫人は案の定、香子の身体を心配して反対の意見を言う。だが香子の懸命の説得もあり、彼女は香子の希望を受け入れ、今後も陰からサポートすることを約束してくれた。

帰京した香子は渋谷の高級マンションから下町の十畳ほどの部屋に引っ越し、身の回りのものを整理をした。

間もなくレコード会社から、テープやCDが届いた。愛車ボルボは綿密な整備と点検を終え、トランクに積めるだけのテープとCDを積み込んだ。そして、衣装の和服を六枚ほどと身の回りのものを積み終わった。

出発の朝が来た。文字通り香子の新しい人生への旅立ちの日だった。東北の津軽までの八百キロもある道のりだ。不安もあるがそれ以上に香子の胸は希望に燃えていた。エンジンをかけて国道六号線から水戸に向かった。

水戸に入る手前で酒場のネオンが目に入った。歌ってみたい、反響が知りたい！　香子の心が浮き立った。果たして歌わせてもらえるのか？　ポスターとチラシを持って香子はその店の中に入った。幸運なことに、その店の気のいいマスターが心よく了解してくれた。香子は深々と頭を下げていた。今の香子に格好をつけることなんか関係なかった。今自分ができる方法は曲を知ってもらう、そのための地道なキャンペーンだった。

カラオケから『北の蔵』のイントロが流れ出した。客はチラシに目を向けている。津軽三味線の音色が客の心を掴んだようだ。香子は『北の蔵』と、『秘恋』を思いを込めて歌った。三十人も入ると満席になる程度の小さな店だったが、ほぼ満員の客席がひとつになって香子の歌に聴き惚れていた。歌い終わるとテープやCDが三十七枚も売れていた。香子は自分の中に力が湧いてくるのを感じていた。こうしてひとりきりのキャンペーンは始まったのだった。

今まではスタッフに囲まれて守られてきたが、これからはトラブルがあっても、すべてをひとりで切り抜けていかなければならない。覚悟を決めていた。四時間前に東京を出た時、香子の所持金は三万円しかなかった。店の客に香子は言った。

「これからひとりで、この曲を持って津軽まで歌い続けてまいります。どこまでできるか今の私は不安もあります。でもそれ以上に希望が湧いてきました。それは皆さま方の応援が支えになったからです。もしこれからどこかで私のこの歌や私の名前を聞くことがありましたら、さらにリクエストなどでぜひ応援していただきたいと思います。宜しくお願い申し上げます」

香子の挨拶が終わると、頑張れ、という声とともに支援金が寄せられ、その金額はテープの売り上げの他に十万円近くになっていた。今の香子には素直に嬉しいお金だった。香子はまた深々と頭を下げ、店から出た。

まだ始まったばかり、これから何があるかも分からない。不安もあるが、まずは幸先の良いスタートだった。途中五か所ほどでキャンペーンを繰り返しながら水戸市内に入り、電話帳で安いビジネスホテルを見つけて予約を入れた。

　水戸は一晩のみの予定だったが、香子が茨城出身と知った店のオーナーや客たちは、身内でもあるかのように香子を応援してくれた。三日が過ぎ、四日が過ぎていった。ともすればこの水戸に落ち着きたくなっている気持ちと闘っていた。北国へ向かうことが正直言って怖くなってきていた。その日宿に落ち着いた香子は、藤沢に住む歌手仲間の友人に電話を入れてみた。

「香の気持ちはよく分かるわ。でもとにかく水戸から出ることよ。今のあなたには頑張ってやるしかないでしょ！　明日にでも出発しなさい！」

　そう励ましてくれた友達の言葉に、香子はハッと気づいた。何を気弱になっているのだろう、そう思い香子は意を決した。そして岡山の小暮夫人に手紙を書き始めた。心配しているはずである。日記のようにキャンペーンの様子を書いてポストに投函した。

　翌朝、香子はホテルを出て、茨城の最後のキャンペーンに出るために車を走らせた。回り道をして海沿いの道を走る。いつしか車は大洗の海岸を走っていた。ここはいつの日か篠沢健一と一緒に来た海だった。連絡すれば彼はきっと来てくれるだろう。だが逢いたいという気持ちは香子の心の中には見つからない。

香子は健一のことを頭の中から追い払い、レコーディングの時のことを思い起こしていた。香子は『北の蔵』では一発でOKをもらったものの、『秘恋』ではどうしても納得できるように歌えなかった。その晩は眠れなかったほどだった。だがキャンペーンの現場では違ったのだ。香子も心が入って思い切り泣けて歌えたのだ。そして、客も必ずといっていいほど一緒に口ずさんでくれていた。ヒットの条件はみんなが一緒に歌えること。それが多くの共感を呼ぶことになる。香子は大洗の蒼く澄みわたる海に向かっていろいろなことを考えていた。海に向かって発声練習を終えた香子は、キャンペーンの準備のために色紙やつり銭を揃えなければならないことに気づいた。バッグの中の財布を取り出そうとした。だが、いくら探しても財布はなかった。宿代を精算しようと思って別の袋に入れていたお金もなくなっていた。香子は途方にくれた。

ホテルの支配人に事情を話し、もし、今晩お金が揃わなかった時はもう一晩頑張るからと約束をした。その夜、香子は無我夢中で走った。朝方の四時までキャンペーンに走り回ったのだ。一時を回って十軒目の店でキャンペーンを終えた時には、すでにホテル代金の支払いの目途は立っていた。だが、この先のことを考えると少しでも余裕がほしかった。そして次に向かった店で、香子にとって幸運なことが待っていてくれた。

その店で地元の茨城放送の関係者に出会い、次の日のラジオ出演が決まったのだ。翌日香子はラジオのスタジオに座っていた。番組の中で香子は『秘恋』の曲を紹介する時、熱いメッセージをラジオの向こうに送った。

「この『秘恋』は、私の過去の恋愛がモチーフとなってできた曲なんです。あの時の貴方に送る私からのメッセージなのです」

司会もそんな香子の言葉をフォローして、番組を盛り上げてくれた。短い時間ではあったが、手応えは充分あった。局の関係者も喜んでくれていた。

その放送は三浦市にも流れていた。だが「祐」は役員会議の最中で、その番組を耳にすることはなかった。だが、運よくその番組を聞いていた女性が三浦市にひとりいた。あの飲み屋の女将がその人だったのだ。

「いい曲だわ。『秘恋』っていう曲ね。なんとか香っていう歌手ね。詞が素敵。今夜有線放送にリクエストしてみようかしら……。七年前に別れた人を想って書いたって言っていたけど、関崎社長のこの間の話と似ているわ。そう言えば七年前って社長も言っていたけど……。世の中には結構似た話があるのね」

女将は仕込みの最中の板前にそう話しかけていた。

その頃、香子は水戸市内で売れたテープやＣＤの数をチェックして、成果と経費を岡山の小暮夫人に報告していた。夫人は香子の盗難事件の話を聞いて心底心配してくれているようだ。香子はそんな夫人の不安を拭うために、ラジオ出演の話をして聞かせていた。もし盗難事件に遭っていなかったら、あの晩の懸命なキャンペーンはなかったかもしれない。まさに「災い転じて福となす」ということになる。夫人には安心してください、まだ私にはツキがあるみたいです、そう言って電話を切った。

あの飲み屋の女将は六時を回って仕込みを終えると、有線放送のスイッチを入れた。そして電話で有線放送にリクエストを入れた。だが、歌手の名前が「香」だけでは分からないからリクエストは受けられない、と言われて断られてしまったのだ。そんな女将の様子を見ていた板前が声をかけてきた。茨城放送に電話してゲストの名前を確認すればいい、と言うのだ。なるほどと納得していた女将の耳に、「いらっしゃい！」という板前の弾んだ声が響いた。

七名ほどの客だった。会議を終えた関崎祐の会社の面々だった。女将は電話を置き客の対応に追われる。味の良さで知られているこの店は、これからは戦争のように忙しい時間を迎えるのだ。

その頃、香子は六号線を仙台に向かって走っていた。車を止めて海岸沿いの小さな店で食事を取った。身体がだるい。冷たくしたタオルを顔や額に当てる。熱があるのだろうか、寒さを感じていた。だがここで倒れるわけにはいかないのだ。香子は公衆電話から仙台の健康ランドに電話を入れ、支配人にキャンペーンで来ていること、歌わせてほしいことなどを伝えた。そうすると思いがけず「今すぐに来るように」と言われたのだ。香子はだるいことも熱のこともその瞬間忘れていた。

健康ランドでは、待ち受けていてくれた年配客が千円札を握りしめてテープやCDを買い求めてくれたのだ。支援金さえくれる客もいた。支配人はその好評ぶりを見て、香子に三日間ほど滞在しないかと持ちかけてきた。その夜、香子は大浴場でゆっくりと身体を暖めた。身体は本調子ではなかった。だが、気力で乗り切らなければならない、そう自分に言い聞かせて香子はその三日間を頑張った。思いがけずギャラも貰え、かなりのテープやCDが売れた。東北の温かい客の心に触れて、香子の心も少し温かくなっていた。

四日目の朝食を終えると、香子はまた北へ向かった。

あの飲み屋では毎日のように、女将が有線放送に『秘恋』をリクエストしていた。茨城放送で歌手の名前が絵西川香ということを確認したのだ。

「私も金沢の出身だから、どうしてもこの曲を聞くと昔のことを思い出したりして懐かしくなってしまうの。本当にいい曲だわ」

板前もうっとりと曲に聴き惚れている女将を見て微笑んでいる。板前はこの女将と二十年仕事をしている。今ではすっかり貫禄がついてしまった女将だが、気立ての良い性格に居心地が良くてずっと付いてきていたのだった。

深夜一時を回り、その板前も帰っていった。後片付けをしていた女将は、

「十分くらいいいかな？」という声に振り向いた。

関崎祐が女将への手土産を持って立っていたのだ。金沢へ一泊二日で旅行してきて、今日帰ってきたのだという。その手には、いつかのお礼だと言い、加賀友禅の着物の包みが持たれていた。

「今度板さんの結婚式に出るって言っていたから、まだ間に合うかなと思って……。でも板さんもとうとう所帯を持つんだねぇ」

「そうなのよねぇ、早いものであの子が私のところに来たのが二十六歳の時だったから二十年よ。少し遅いような気もするけど良かったわ。でも社長さんには気を遣わせてしまったわ、ごめんなさいね」

「いや親孝行みたいなもんですよ」

そう言って「祐」は帰ろうとした。

「ところでその後どうなの？　あの方とは逢えたの？」

女将は心配そうに「祐」に尋ねた。

「いいえ。でも今回の会社の旅行の行き先は僕が決めたんです。昔の女房との思い出の街だったものですから……。金沢から福井の越前竹人形の里まで行きました。いろんなことを思い出しました。もしかしたらまだ歌っているのかな、そんなことも考えましたよ。結局いろいろなことが頭に浮かんできて、その晩は眠れませんでした」

そんな「祐」の言葉に女将がたたみかけるような言葉を投げかけた。

「社長さん、この頃金沢の街を舞台にしたいい曲があるんですけど知ってます？　私昼間は暇だから、有線放送なんかによくリクエストしているんですよ。あっ、そう言えばその歌手も七年前に好きな人と別れたって言ってたっけ……」

女将は、何日か前のラジオの放送の内容を思い出すように言った。「祐」は一度は帰りかけていたが、あわててその身体をカウンターに戻して女将に尋ねていた。

「女将、その歌手の名前は？」

「確か絵西川香という名前だったと思う。栃木の湯西川温泉を思い出したから、間違いないと思うわ」

「残念だけど名前が違うよ。そんなドラマみたいなことはないんだよ」

名前が違う、それは香子自身が『秘恋』を通じて「祐」に呼びかけた時、一番心配していたことだった。香子は「祐」と別れてから芸名を変えていたのだった。泣かず飛ばずの下積み生活から少しでも飛躍したい、そう思って二年前に改名していたのだ。その時点では『秘恋』など出す予定もなかったのだから……。そして香子は、ラジオの出演が「祐」の元に情報として流れていたなど知る由もなかった。芸名を変えたことでさらに「祐」との距離が遠ざかってしまうなど、運命のいたずらなのであろうか。

八戸に着いた。香子はまた健康ランドに売り込みをかけて、三日間の出演のチャンスを貰っていた。三日間のキャンペーンを無難にこなした次の日、食欲はまったくなかった。香子は自分の身体に鞭うって、食べ物を流し込むように食べた。体重を計ると五キロも減っていた。驚いた。四十一キロの身体に着物の帯が食い込んだ。だが頑張った甲斐もあって、テープやCDの売れゆきは好調だった。

四日目にまたハンドルを握って北へと向かった。しばらく走ると香子の目に「津軽」の文字が飛び込んできた。香子は一番早く目についた電話ボックスに入り、岡山の小暮夫人に電話を入れた。

「お母さん、やっと着きました。ついに着いたんです！　どのくらいの反響を得られるか不安ですけど、最後まで精一杯頑張りますので……」

香子は夫人と話していても涙が止まらなかった。不安と期待が入り交じって心がはやった。香子は安いビジネスホテルに落ち着いてキャンペーンのプランを練った。そしてさらに、電話帳を開いて音響関係の業者を探し、その中から大西という年配の音響関係と、次の日の午後一番に会う約束を取りつけた。しばらくして香子は津軽の海、青森港に向かって車を走らせた。

（青く澄んだ、なんてきれいな海なんだろう。空高く飛ぶ鴎、ここが津軽、『北の蔵』の舞台の地なんだわ）

心に願い続けた北国へのキャンペーン。その最終目的地、津軽に着いたことを香子は今さらのように実感していた。香子は自分の目で確かめるように車で市内を走り回った。そして一軒の赤提灯の小料理屋に目がとまり、食事をするために入った。中に入ると中年や年配の客が珍しそうに香子に目を向けた。香子はにこっと会釈を返した。すると客たちは皆香子に気さくに話しかけてきた。ここは宣伝とばかり、香子は店主に断ってからチラシを配り始めた。

「津軽の歌でねぇの」

店主はポスターを貼ってくれ、一気に店の中は香子を中心にして盛り上がっていた。人情が温かかった。北国の言葉は時折分からない時もあったが、何より気持ちが通じていた。

ひとりの紳士が香子に名刺を渡して言った。

「しばらく青森にいるっていうが、ホテルじゃあお金も大変だべぇ、何かあったら相談に乗ってやっから……。とにかく頑張るんだぁ」

紳士はそう励ましてくれた。次の日も店主がご馳走してくれるということになった。

次の日、午後一番で香子は大西という音響関係の仕事をしている人に会った。見るからに実直で真面目そうな大西という男は、香子の話をじっくりと聞いてくれ、キャンペーンの経験もあるのでできる限りの協力をすると約束してくれた。その温かい言葉に、香子の身体も心も段々と温められていった。大西も知り合いの店などに紹介してくれるということになり、早速次の日から軒並みキャンペーンをして歩くことになった。

夜になって昨晩の小料理屋をまた訪ねた。すると昨晩の紳士が何人かと連れだってカウンターに座っていた。香子のことを待ちかねていたようだった。香子は彼の名刺に「＊＊不動産株式会社」と書かれていたことを思い出し、彼に相談を持ちかけた。

「ご相談があるのですが。私しばらくこの街に滞在するつもりなんです。だから、もし安いアパートがあればお借りしたいんです。急なんですが、明日からでも住めるような一間の部屋はないでしょうか？　車が停められればどんな部屋でもいいんですけど。ただし私は貧乏なので高いところは無理なんです」

　香子がそう言うと、不動産の社長はすぐに了解したらしく電話をかけに席を立った。そして戻ってきた彼は、香子にこう言って笑顔を見せた。

「明日十一時にここで待ち合わせだ。ホテルから荷物は全部引き揚げてきなさい」

　香子は北国の人情が本当に身に染みていた。

　津軽に着いて三日目の夜から本格的なキャンペーンが始まった。音響の大西と二人三脚で、来る日も来る日も走り回った。香子とその歌はどこでも歓迎され、テープやCDも五千枚を超える売り上げになっていた。

　そしてはや三か月が経とうとしていた。津軽には小雪さえ舞い始めていた。家具もなくガランとしたアパートの部屋で、ひとり寂しくなる思いをかみしめていた。

「祐さん、どこにいるの？　貴方をモデルにして書いた曲が反響を呼んでいるのに……」

　香子はそっとつぶやき、荷物の中から「祐」の写真を取り出していた。

　その夜。香子のそんな思いが届いたのだろうか……。三浦の街のあの飲み屋に「祐」の姿があった。

「あっ、社長さん。これがこの間言っていた金沢の街を舞台にした曲よ」

女将はそう言って有線放送のボリュームを上げてくれた。「祐」は気にもせずに酒を飲んでいた。だが、歌声が聞こえてきた瞬間、肴をつまんだ「祐」の箸がピタッと止まっていた。「祐」は明らかに動揺していた。

「女将、これは香だ、あいつの声だ。間違いないよ」

「祐」の放心したような声に、驚いたように女将は振り向いて言った。

「本当なの？　私明日このCDを買ってくる。ジャケットに写真が載っていると思うから確認できるでしょう？」

飲み屋にいた全員が興奮して電話に取りつき、何度となくリクエストしていた。その興奮の中で「祐」は静かにつぶやいていた。

「香、不憫だよ！　お前は幸せなのか？　スタッフに恵まれず、お金にも困っているんじゃないか？」

逢いたかった、どうしても逢わずにはいられなかった。「祐」の心の中にその思いだけが渦巻いていた。

香子は「祐」の写真を見つめていた。時を同じくして二人は、それぞれが異なった場所で想いを寄せ合っていたのだ。だが、もちろん二人はそれぞれお互いの気持ちさえ知らずにいたのだ。

大西の仕事の関係で香子のスケジュールが四日間空いた。大西との最初の約束で、ひとりでは絶対に動かないという約束をしていたが、時間がもったいなかった。その次の瞬間、香子は金沢の街に行くことを決めていた。香子は大西に電話を入れ、金沢に行ってくると伝えた。雪深くなる前にどうしても金沢の街に、思い出の街にもう一度行ってみたかった。香子はボルボにチェーンを積んだ。

北国の冬は早い。車の中で『秘恋』をボリュームいっぱいに流した。津軽のキャンペーンの束の間の休日。もしかしたら「祐」に逢えるかもしれない……。香子は漠然とそんなことを考えながら車を走らせていた。石川県の地図を広げ、一路北陸へと香子は向かっていた。

# 第十章　熱き金沢

車は北陸高速道路に入っていた。津軽からここまでの車の中では『秘恋』がずっと鳴り響いていた。香子の顔には疲れが見え、ハンドルを握る手にもむくみが見られていた。身体全体が痛い。

上越まで来て、香子は車を高速から降りて一般国道を走らせていた。糸魚川、そして新潟。ここは恩師であり、『北の蔵』の作曲者天川誠の故郷。親不知の海が見えていた。香子は車を止めその海を眺めていた。天川誠は、音楽を心の底から愛し、少年のような心を持っていた。香子はこの海を見ていて、その天川の人間性が初めて納得できたような気がしていた。感動するほどの美しさが目の前にあった。日本海の荒っぽさとその青さ、それは素晴らしい光景であった。

香子は天川誠と岡山の小暮夫人に絵はがきを書いて投函した。冬に向かう日本海は様変わりが早かった。疲れていた香子はいつの間にか車の中でまどろんでいた。目を覚ました香子の前に日本海のうねり狂う様が飛び込んで来て、香子を一層心細くさせた。

早く金沢に着きたい！　香子は『秘恋』の曲を流し、口ずさみながらまた車を走らせた。

滑川から高速に乗る。するとすぐに富山県の標識が見えてきた。

（もう少しで金沢に着く。「祐」と一緒に見たあのさざんかの花、兼六園、能登の海、そして人形の里、行ってみたい、何としても……）

だが香子の身体は限界を超えていた。いつ倒れても不思議ではない状態だったのだ。

車は石川県に入っていた。香子はひとりで歓声を上げていた。

（もうすぐだ！　今度こそもうすぐ……）

「祐」が待っているわけではないのは承知していた。だがその「祐」の大きな胸に飛び込んでいけそうな気がしてくる。香子は心の拠り所が欲しかったのだ。

その時、香子の身体全体に痙攣が走った。香子は懸命にウインカーを出して車を路肩に寄せて止めた。ハンドルに顔をうつぶせ、そして今度はシートを倒していた。

意識が遠のいていく。そして記憶の淵を辿りながら夢の中にいた。

「祐さん、ここまで来たのに、私、死んじゃうの？　祐さん、私よ。私の顔を忘れちゃったの。祐さん、気づいて！　私です、香子です。気づいて！」

夢の中で「祐」が香子の目の前を通り過ぎていく。

「社長さん、ありましたよ。あのＣＤ、さあ、見てください。和服姿のとっても素敵な歌手なんですよ。私思わずドキッとしてしまったくらい」

あの三浦市の飲み屋で女将は「祐」の前に一枚のＣＤを差し出した。「祐」の目はしばらくそのＣＤにくぎ付けになっていた。

「香だ。まさしく香だ。あれから八年近く経つよな。ここまでくればなんとか捜す手立てはあるはずだ。女将、本当にありがとう」

「祐」は人目も気にせず涙を流していた。女将も板前ももらい泣きしていた。

「祐」はＣＤを見つめ、心の中で香子に話しかけていた。

(香、前よりずっときれいになったね。気高くて眩しいくらいだ。俺と一緒にいる時より、いい女になった)

「もしもし！　元気ですか？　困ったことはおありですか？」

香子は車をトントンと叩く音で目が覚めていく。道路公団の職員が車の側に立っていた。いいや、夢の中では「祐」が香子に気がついて私の名前を呼んでくれていたのに……。次第に香子の意識がはっきりしてきた。香子は車を路肩に止めていたのだ。ハザードランプをつけたまま、一時間になろうとしていた。だが、もう落ち着きを取り戻していた。そのことを道路公団の職員に告げ、礼を言った。

「金沢はあと二つ目のインターで降りればすぐです。ホテルなどもありますから手配しておきます。今日はゆっくりと身体を休ませなさい。それじゃあ、お気をつけて！」

彼らに見送られながら、香子は地図を頼りに車をまた走らせた。

確かに夢の中には「祐」がいた。香！　と確かに呼んでくれたのだ。香子はいつか必ず「祐」に逢えると信じていた。

道路公団の職員が手配してくれたホテルに宿を取り、湯舟にゆっくりと浸かってからビタミン剤を飲んだ。食事も部屋に運んでもらった。すこし気分が楽になっていた。ドアがノックされて、ホテル専属のドクターが看護婦を伴って入ってきた。そして診察の後、十日間安静にしないと命にも関わることになりますよ、と言い、できる限りの処置をしてくれた。

（十日間だなんて……。金沢には二日しかいられないのに……）

香子はそう思いながら静かに眠りに入っていった。

その頃「祐」は三浦岬に向かって車を走らせていた。車の中で何回も何回もＣＤを聞いた。そしてジャケットの写真をいとおしそうに見続けていた。

二、**秘恋**　―ひれん―

♪兼六園から　能登港
桜吹雪が　散りいそぐ
白い玉砂利　乱れるすそも
女ごころに　秘められた
赤い毛氈　金屏風♪

この詞が今の香子の心なら、今すぐにでも迎えにいきたい。「祐」は港の灯を見ながらそう決心していた。たとえ、この先一緒になれなくても今度こそ、しっかり支えてあげたい。お互いに嫌いになって別れたわけではない。明日はレコード会社に電話して、なんとか連絡方法を聞いてみよう。「祐」は考えていた。幸せでいるだろうか？「祐」はまんじりともせずに朝を迎えていた。

こうしてその夜、「祐」は三浦のホテルに泊まった。香子の消息を知り、その声を耳に焼きつかせた。ＣＤジャケットの写真も何回も見た。そして今「祐」の心に去来するさまざまな愛の思い出を、せめて今夜だけは誰にも邪魔されずにひとりで考えていたい、そう思った。

「祐」は勝手に人生を走り続け、恋女房であるはずの香子を、いつの頃からか空気のように思い始めていた。そして俺の側にいればそれでいいと思った。だが、香子はひとり孤独に苛まれていた。働きずめの男がたまたま他の女に寄り道した、そして、その結果が香子を泣かすことになってしまった。別れてもなお、いや別れてさらに真実の愛が見えてきた。だがそれも「祐」の一方的な都合の良い考えであるかもしれない。今さら俺が現れても……。しかし今、巡り逢える糸口が見えてきたのだ、後悔はしたくなかった。

「祐」は自分の会社に電話を入れ、所用で他県にいる、とまず伝えた。そして、レコード会社に電話を入れた。だが絵西川香の担当ディレクターは出張で、出社は三日後になるという。「祐」は敢えて電話をもらうことを避けた。もし家庭に電話がかかってきて、それが李に知れたりしたら……。李の怒りはただならぬものになってしまう怖れがあった。だが「祐」は最悪の事態の時の覚悟を決めていた。そんなことより、もしも香子にとってスキャンダルになったりしたら、昔以上に彼女を泣かすことになる。それに、もしかしたら結婚していることだってあり得るのだ。「祐」は頭の中で様々な事態を考えていた。とにかく三日待ってレコード会社に電話をする。今はそれしか方法がないと思った。「祐」はまた『秘恋』の詞を読み返した。

金沢か、俺たち二人にとって忘れられない「熱き金沢」であった。香は今、一体どこにいるというのか。「祐」は『秘恋』の詞を呼んで、これは香子が「祐」自身に託したメッセージだと確信していた。「祐」はホテルの窓から三浦の、それはついこの間、会社の旅行で出かけた金沢の能登の港を見ているようだった。

「昨夜はお気遣いいただきまして、ありがとうございました。もう一晩泊めていただけないでしょうか？」

香子はフロントに電話を入れた。そして軽い朝食を摂り、コーヒーを飲んだ。このままずっと金沢の街にいたい。香子は支度して兼六園に向かった。庭園をゆっくりと歩いた、白い玉砂利を踏みしめるように。そして神殿に向かって手を合わせた。

（祐さんに必ずお引き合わせくださるように……）

次に香子は能登の港に向かった。広くて青い海、そして白い砂浜。コートを羽織り砂浜を歩いた。

「祐さ～ん！　逢いたいよぉ～！」

香子は日本海に向かって大きな声で叫んでいた。涙声で、何度も何度も叫ぶが、その大きな声を波音が消していく。

香子は意を決して、福井県の越前竹人形の里を訪ねることにした。途中永平寺に立ち寄り、それから竹人形の里に着いた。竹人形の里に着くと「祐」の優しい心が見えてきた。「祐」が買ってくれた『踊る女』の人形は、その後も香子の守り神としてリビングにしばらく飾られていた、東北に向かう時もしっかりと車に運び込んでいたのだ。香子はあの時の様子がまざまざと甦ってきて、思わず目頭をハンカチで押さえていた。時間は刻々と経っていった。もう金沢に戻らなくてはと思いつつも、どうしても香子はもう一軒立ち寄ってみたいところがあった。それは「祐」と初めて泊まった港宿だった。そこは宿泊客たちの写真がアルバムとして残してある宿だった。

（今でも私たちの写真が残っているのかしら？）

港宿に着いたものの、十年以上前にもなるのだから自分たちの写真が残っているかどうか、香子も不安だった。宿の女将は、髪の毛がすっかり白くなっていた。だが香子の不安とは裏腹に、女将は温かく香子を迎えてくれた。

「もちろん覚えておりますよ。遠路はるばるよくおいでなさいました。口元のえくぼ、そして切れ長の二重瞼、富士額と、これだけ美しい方はめったにいらっしゃいませんから……。

ご主人さまもつい先日、社員旅行でお泊まりいただきましたから、その時も奥さまのことをお伺いしたくらいなんですよ。そうそう、その時の写真が丁度出来上がってきたんです。お送りしようと思っていましたが、奥さまからお渡しいただけますか？」

女将は別れたことを知らないのだった。それにしても「祐」が先日この宿を訪れていたとは、香子はただ驚くばかりだった。そして香子は言い繕っていた。

「えぇ、金沢市内に友人とまいりまして、今日は私だけ昔の思い出の場所をのんきに歩いているんです」

するとと女将は、もう一枚写真を取り出してきて香子の手に載せたのだ。

「この前、ご主人様は会社の方たちとご一緒でついお渡しできなかったのですが、昔お見えになった時の写真です。どうぞ、こちらもお持ちください。ところで市内まででしたら二時間ほどでまいりますから、お食事でもご用意させていただきますので、しばらく休まれていってください」

女将はたいへん懐かしがって、香子を心からもてなしてくれた。これだけの人情と心遣いができるとは。これが二百年以上続いているというこの老舗宿の所以であろうと、香子は驚嘆せざるを得なかった。

海の見える部屋でしばしくつろいでいた香子。その手には昔懐かしい写真と、つい一週間ほど前に来たという「祐」の社員旅行の写真があった。その写真には大勢の社員とともに中央にどしっと座った「祐」が写っている。

「祐さん」

香子はその写真を見つめながらそっと疲れを癒した。そして思ったのだ、ここまで足を延ばして良かったと……。その写真は「祐」と香子の心が通い合う絆のような気がしていた。何かの引き合わせ。香子はそう思わざるを得なかった。

引き止める女将に礼と別れを言って金沢のホテルに戻った。時間は八時を過ぎていた。ホテルのマネージャーが心配して香子を待ちかねていた。香子は岡山の小暮夫人に電話を入れた。夫人はもう一日金沢のホテルに滞在して休養を取るようにアドバイスした。香子の身体が本調子でないことを夫人は分かっていた。

翌朝目を覚ますと香子の身体全体に痛みが走った。昨日一日ゆっくりしていたのに、と香子は情けなかった。だが、この日の夜はスケジュールが入っていた。何としても津軽に戻らなければ大西の顔を潰すことになる。香子は身体に鞭うってハンドルを握った。朝五時に金沢を出発した。

そして、やっとの思いで青森に到着した。キャンペーンの現場に行くまで三十分しかない。香子は髪を結い上げてメイクをした。そして急いで着物を着て帯を付けた。……が香子はついに倒れてしまった。そこに迎えの大西がやってきた。約束の時間が過ぎても香子が出てこない。大西は電話を入れた。だが、返事がない。大西は不審に思い、窓越しに部屋の中を窺ってみた。すると着物の袖口から香子の白い手が見えた。大西に不安が走った。とっさに大西はガラス窓を石で割って入り、病院に香子を担ぎ込んだ。

院長は診断の結果、一か月の安静を言い渡した。そして家族を呼ぶように大西に言った。香子は血圧も下がっており、身体も大分衰弱している。ここまで誰も気がつかなかったとは……。香子の白い腕には注射の痕が無数に残り、腫れ上がっている。静まりかえった病院の個室で、大西はしっかりと香子を守ってやらなければ、と親心を感じている。

香子の意識が戻った。すぐに女医がやってきて病状を簡単に説明し、何かあったらいつでも呼ぶように、と言って診察室に戻っていった。

翌日、大西の知らせで岡山の小暮夫人が飛んできた。香子の見るからに痩せ細った顔にそっと触れ、夫人は涙を流していた。

「香ちゃん、もうテープやCDは二万本も売ったそうよ。この事があったので、レコード会社に電話を入れて聞いたの。ディレクターは今日の夕方出張から戻るそうですけど、香ちゃんが入院していることは伝えてないわ。もうそろそろ東京に戻りましょう。落ち着いたら誰かを迎えによこすから」

夫人は香子を涙ながらに説得した。香子は力なくうなずいた。夫人は下着や細かい物を買い揃え、院長にもそれとなく礼を尽くした。そこに大西がやってきた。大西は夫人を見るなり言った。

「側についていながら、女子のことなど何も解らずに申し訳ありませんでした」

大西は頭を何度も下げた。夫人も香子を守ってもらい、自らの仕事の合間にキャンペーンに協力してくれたことに感謝していることを告げていた。夫人は香子から日記のような手紙を受け取っていたので、大西とどういうキャンペーンをしていたかはすべて承知していたのだ。

香子が津軽に来て五か月が経とうとしていた。香子はやるだけの事はやった。青森放送にも出演し、市内のレコード店には『北の蔵』がヒットチャートの上位にランクされていることを示すステッカーも貼られ、店の一番いいポジションに置かれるようになっていた。自分ができるのはここまで、と香子は思った。

夫人が白いエプロンをしてメロンを剥いている。

「お母さんみたい。私この年になってもとってもいい気持ち」

香子は夫人の顔を見て言った。

「まぁ、香ちゃん。心に赤い血が流れてきたみたい。昨日の顔色なんて見られたものではなかったのよ。頑張るのもいいけど、誰も知らない所で死んだりしていたらどうするつもりだったの。もう駄目よ、無理したら」

　その頃ディレクターは、青森の香子の仮住まいに何度も電話を入れていた。だが香子は入院中だった。立早ディレクターは出張から帰った次の日に、関崎祐からの電話を受け取っていた。どうしても絵西川香に逢いたいというその電話に、ディレクターはファンからのものと思い、彼の連絡先を聞いて香子に伝えるために電話を入れていたのだ。

　だが立早は、香子が病院に入院していることは知らなかった。そして「祐」は今か、今かとレコード会社からの連絡を待っていた。

# 第十一章　奇跡はあるのか⁉

及川プロデューサーがスケジュールを入れたラジオ出演の日がやってきた。全国ネットで放送されている番組の「演歌新曲コーナー」に出演する。この番組の出演がきっかけで大ヒットとなった曲も多い、という重要な番組だった。

香子は朝から緊張していた。最近は演歌歌手の活躍の場がともすれば少なくなっているだけに、特にこの番組は演歌歌手にとっては勝負の場でもあったのだ。例によって岡山から小暮夫人も駆けつけてきていた。夫人は以前からこの番組のファンだったということもあり、香子と同じように緊張していた。

「香ちゃん、あなたは地のままが素敵なのよ。肩肘張らずに自然のままでいいんだからね」

そう言って香子の肩をポンと叩いた。

及川も夫人の言葉にうなずくように言った。

「そうだよ、ありのままの自分を出せばいい。その方がファンにはあなたの良さが伝わると思うよ。それから、今日は特別に二十分も話ができるように構成してくれているそうだ。『秘恋』についてのエピソードも、包み隠さず心ゆくまで話してみたらいいんじゃないかな。この曲は女性の心を代弁するかのような曲なんだ。真実の愛、それはここにいる貴女の愛なんだから……。今日は全国の大勢の方が聴いていますから、思いっきり頑張りなさい」

香子は及川の言葉をかみしめるように聞いていた。スタッフに案内されてスタジオに入る。今日の香子は、夫人からプレゼントされた真紅のニットのロングのワンピースに身を包んでいた。香子がスタジオに入ると花が咲いたような華やかな空気に包まれていく。

十二月五日、師走の東京には珍しく雪が舞い降りていた。

一方その頃、三浦岬のあの飲み屋では、早めに仕込みを済ませた女将と板前がラジオの前に陣取って関崎祐が来るのを待ちかねていた。夕方の五時が過ぎていた。その日の朝、新聞を見て番組のゲスト歌手が絵西川香だと知り、すぐに「祐」の会社に連絡しておいたのだ。「祐」からは五時頃には店に行けるからと連絡が入っていた。番組のコーナーが始まるのは五時半からだった。

「祐」は仕事を早めに切り上げ、女将の店に車を走らせていた。ディレクターから聞いた住所で津軽に出した手紙も何の返事もなかった。だが、この番組を聞けば何か分かるかもしれない。せめて彼女の近況だけでも聞きたかった。「祐」が店に入ったのは五時半すこし前だった。女将も板さんもホッとした表情を見せた。

「お電話ありがとうございます。よく知らせていただきました。私はまったく知らなかったものですから……。感謝しています」

「祐」は深々と頭を下げ、気を落ち着かせるためにタバコを取り出し火をつけた。板さんがお燗をした酒を「祐」の前に出した。

「社長、今日はこの番組が終わるまで貸し切りですから、どうぞゆっくりとお聞きになってください」

そう言う板前も、一度は別れた女性とまた縒りを戻し、つい先ごろ結婚したばかりだった。それだけに「祐」の気持ちが痛いほど分かるのだろう。

ラジオの「演歌新曲コーナー」が始まった。司会者の軽妙なアナウンスが聞こえてきた。師走に入った都会のあわただしい様子などをレポートしている。

「全国ネット、北は北海道から南は沖縄までお届けしている『演歌新曲コーナー』、ゲストをお迎えしてのこのコーナーは『秘密丸ごと聞いちゃおう！』と題して、お迎えしたゲスト歌手の方にいろいろとお話を伺ってまいります。さてどんなお話が聞けるのか、この番組ならではのお楽しみです。本日のゲストは絵西川香さんです」

司会の話に続いて、香子に番組のディレクターから話すきっかけのキューが来る。

「今晩は！　絵西川香です。どうぞよろしくお願いします」

テンポよく香子は挨拶を返した。そしてとっておきの笑顔を司会者に向けた。

「絵西川香、素敵なお名前ですね。何かこのお名前に謂(いわ)れのようなものがあるんですか？」

「はい、香というところに私の本名の香子から一文字を取ってつけたんです」

「そうですか。ところで絵西川さん、今日は真紅のニットのワンピースをお召しになっていらっしゃいますが、とても色が白くて額の線も何と言うんでしょうか、そう古い言い方で若い方にはピンとこないかもしれませんが、富士額とでも言うのでしょう、とっても美しい方です。本当にスタジオに花が咲いたようで、司会者の私がこの香さんの素敵な姿を独占するのが申し訳ないくらいです。テレビではないのが残念ですが……」

「ラジオで顔が見えないので私は助かっています」

香子は司会者の語り口に微笑みながら明るく応えていた。司会者はそんな香子の言葉を受けて、絵西川香の経歴などに触れながら、一曲目の『北の蔵』を紹介して流した。

曲が終わり一瞬スタジオが静まり返る。

「はい、絵西川香さんが自ら作詞をなさったという『北の蔵』をお送りしました。今、東京には雪がちらついているようです。今の曲にぴったり、本当にいいタイミングです。北国の情感が一層伝わってくるように思えます」

「私は関東の出身ですから、雪が珍しくてロマンチックに感じられて嬉しいんです。でも今回、北国にキャンペーンに出かけて初めて実感したんですが、北国で暮らす方々は深い雪の中で大変な苦労をしていらっしゃることに気が付きました」

「そうですか、絵西川さんは今回の曲のキャンペーンのために津軽に半年近く滞在なさったと伺っていますが、津軽のどんなところが心に残ったんでしょうか？」

「日本海と太平洋の交わる本州の最北端の荒波の音、そして津軽平野の雪景色です」

「津軽ではさぞ反響があったんでしょうね」

香子と司会者の軽妙な会話が続いた。


「祐」はラジオから流れてきた香子の声を聞いて、胸が高鳴るのを感じていた。

（やっぱり頑張っていたのか！）

「祐」は捜し続けていたこの四年の心の重荷が、ゆっくりと溶けていくのを感じていた。

だがどうして手紙の返事も来ないのか？　「祐」は考えて心が乱れていた。

番組は続いている。

「絵西川さんは、つい数日前に津軽からお戻りになったばかりだとか……」

「はい、津軽で小さなアパートを借りて五か月半ほど、そこをベースにして札幌や北陸などをキャンペーンで走り回っていました。東京に戻ってまだ一週間ですか、その間仕事でまた北陸へ出かけました。ですからあわただしくまだ荷物もそのままですし、ポストものぞいていないんです」

「そうなんですか、ではファンレターなんかも沢山ポストに入っているんでしょうね。もしかしたらラブレターも届いているかもしれませんよね」

「そうだったらいいんですけど……。今の私にはファンが恋人なんです。ですが、歌っている時はその詞の中に自分をおいて歌っています」

「たった今、絵西川さんが詞の中にご自分をおいて歌うとおっしゃいましたが、次にお届けする歌は、まさに絵西川さんご自身の体験をもとにお書きになった曲なんです。タイトルは『秘恋』、秘密の恋と書きます。ご自身の体験などにつきましては、この曲をお聞きになった後でじっくりとお伺いすることにいたします。それでは一旦コマーシャルを入れて、それから『秘恋』を聞いていただきます」

司会者の言葉に気だけがはやる「祐」だったが、心の動揺を隠すかのように女将に断って車に移動した。「祐」はエンジンをかけてラジオのスイッチを入れた。ＣＭが終わり曲が流れている。

「ではここからはファンの方も絶対に聞き逃せない、この『秘恋』についての絵西川さんの体験などについて伺うことにいたしましょう。絵西川さん、よろしかったらこの曲にまつわるご自身の体験をお聞かせください」

「はい、この歌は私の恋愛の体験をもとにして書いたのです。実はその男性のことが今でも心にあり、忘れ得ぬ思いの中で、嬉しい時も悲しい時もその人の顔が浮かび、いつも心の中に生き続けているのです。共に暮らして十年、そして別れて八年になります。今でも会いたいと思うのですが、実は住所も電話も分からないのです。七年前に彼との電話から起きた言葉の悲劇によって、彼の番号も何もかも私自身が封印してしまったのです。二度と逢ってはならない、そういう思いを強く感じて……。でもその思い出をこうして歌の上だけでもと思い甦らせたのです。今はすっかり心も落ち着いております。ぜひこの『秘恋』を応援していただきたいと思います」

香子は何も隠すことなくリスナーに自分の胸のうちを話していた。司会者がもう一度

『秘恋』を流している。

「やっぱりあの電話が香の心を深く傷つけてしまったんだ。何としても誤解を解きたい。そうしなければ香は、一生女としての自信をなくしたまま生きていかなければならないかもしれない」「祐」はひとり車の中で聞いて、そうつぶやいていた。涙を拭おうともせず……、やがて飲み屋の店の中に戻った。女将はまだ泣いている。

「社長さん、早く彼女に逢ってあげなさい。誰が何と言おうと逢わなければ駄目よ！」板さんが「祐」に番組を収録したカセットテープをくれた。「祐」はありがとう、と言ってそのテープを胸の奥にしまった。

番組は無事終了した。香子は小暮夫人と及川と食事をしていた。

「今日の香ちゃんのお話とっても良かった。私涙が出て困ってしまったの」

夫人の言葉に同意するように及川も香子にこう言った。

「本当に良かった。明日局にはお礼を言っておきます。これからもできる限り番組をブッキングできるようにしますから……」

その晩ラジオ局にはＦＡＸレターが七十枚以上も届き、翌日からは及川事務所に百枚を優に超すＦＡＸレターが届いた。さらに全国のレコード店から三千枚を超すオーダーが来た。レコード会社では、この番組をきっかけにさらに売り上げを伸ばそうと、プロジェクト会議が連日のように行われていた。香子の『秘恋』に完全に火がついたのだ。

放送の翌日、立早ディレクターは会社のロビーで関崎祐と向かい合っていた。

「先日はいろいろお世話になりました。津軽の住所などを教えていただき感謝いたしております。ところで本日こうしてお目にかからせていただきましたのは、昨日の放送をお聴きになってお分かりのことと思いますが、『秘恋』の中で歌われているのはこの私なのです。今さら付きまとう気はありませんが、どうしても香子の心中の鬱積（うっせき）したものは取り除いてやりたいのです」

「関崎さんが絵西川さんに逢えば、彼女はきっと泣くことでしょう。あの曲の詞はまさに女心の叫びなのです。心の中でひとりの男性を求めている涙の訴えなんです。彼女が泣いた時、関崎さんはどのようにして彼女を救えるのでしょう？　そのへんのお気持ちも伺わせていただかないと……」

立早ディレクターは「祐」をしっかりと見据えて話しかけている。彼はディレクターとして、絵西川香の曲を、そして彼女自身を守らねばならないのである。たった一回の全国放送でヒットチャートが動き出してきた大切な時期でもある。もしここで絵西川香に何かあったら、立早は彼女の長年にわたる下積み生活が不憫に思えた。それだけに過去の話でこのチャンスを棒に振らせたくはなかったのだ。

立早の話を「祐」はうつむいたまま聞いていた。そして静かに応えた。

「何もかも分かっているとはいえ、すべて過去の事です。立早さんのお気持ちはよく分かりました。私は野暮な真似をしてしまったようです。この先は黙って陰ながら彼女のファンのひとりとして応援していきます。お忙しいところを申し訳ございませんでした」

「祐」は深々と頭を下げ、レコード会社を辞した。だがこの時、立早ディレクターの頭の中にひとつの考えが浮かんでいたのだった。

曲は確実に売れ始めていた。レコード会社のストックも不足し始めているのだ。宣伝プロジェクトの態勢もでき、及川と小暮夫人によるサポートもしっかりできている。付き人も戻ってきて、香子の身の回りの世話などをしている。香子は「やっとここまで来た」という実感が、この頃になって初めて湧いてきている。ファンレターも殺到し、小暮夫人も及川事務所もその対応に追われていた。レターには圧倒的に「再会を祈っています！」という内容のものが多かった。レコード会社にもファンレターやＦＡＸが相当数届いていた。

テレビ出演も実現した。その日は実は香子の三十九歳の誕生日だった。加賀友禅の黒地に、さざんかの花模様が刺繍された和服をきっちりと着こなしている香子。司会者が言う。

「本日登場していただきました絵西川香さん、実は今日がお誕生日だということです。それでは、ヒットチャートを駆け足で上ってきた話題の曲『秘恋』をお聞きいただきたいと思います」

多くのファンの心を掴んだ『秘恋』、歌う香子の大きな瞳に涙が滲んでいた。大きな拍手とともに香子は歌い終わった。小暮夫人と付き人が香子を楽屋まで戻し、香子をひとりにさせた。香子が鏡を見て髪飾りに触れた時、楽屋のドアがノックされた。

「おはようございます。立早です。お疲れさまでした」

立早ディレクターの手には、彼女への誕生祝いの真っ赤なバラが握られていた。

「うわっ、嬉しい！　私バラが大好きなんです」

香子は顔をほころばせて立早にお礼の気持ちを伝えた。すると立早は彼女に改まるように尋ねたのだ。

「絵西川さんの好きな物は他にもあるでしょう？」

「ええ、音楽です。辛い時でも音楽と向き合っていられれば、それで満足なんです」

だが香子のそんな言葉を聞く素振りも見せず、立早は窓の外をのぞいていた。そして時計をのぞきながら言った。

「絵西川さん、あの白い車が見えますか？　今から三十分だけ差し上げます。とにかく、あそこにいけば分かりますから……。急いでください」

香子は何がなんだか分からないまま、立早に従ってその車へと急いだ。立早は必ず三十分で戻るようにと伝えて立ち去った。香子は不安な気持ちのままその車に近づいた。

白い車はベンツだった。香子があと五メートルのところまで近づいた時、車のドアが開かれた。大きな身体が外に出てきたのだ。

「香！　捜したよ」

香子は思わず叫んでいた。

「祐さん、本当に祐さんなのね」

香子は涙を隠そうとしなかった。そして、その胸に思い切り飛び込んでいた。「祐」もしっかりと香子を抱きしめている。

「元気だったかい？　俺のこと恨んでいたんだろ？」

「恨むなんて……。ただ……逢いたくて、逢いたくて」

しがみつく香子を腕の中に入れ、「祐」も泣いていた。「祐」は車の中に香子を招き入れた。そして静かに話し出した。

「俺が何もかも悪かった。あの八年前の言葉が香を本当に傷つけてしまったんだ、この間のラジオで分かったよ。なぜ俺があんなことを言ったのか、今となっては弁解に聞こえるかもしれないが、どうしても伝えたかったんだ……」

香子は黙って「祐」の言葉を聞いていた。

「俺は何回も何回も香に電話したんだ。部屋にも行ったんだが表札も変わっていて、引っ越ししたと言われた。実家の人に聞くわけにもいかず、ひとりで悩んでいた。行き付けの飲み屋の女将から香の歌のことを聞かされ、すぐにレコード会社を訪ねた。そして立早さんにお目にかかって津軽の住所を聞いて手紙も書いたんだ。でも返事も貰えずに半分あきらめていたんだ。そして立早さんにもしばらく逢わないように、と言われて逢うことを断念した。だが昨日立早さんから連絡をいただき、今日の誕生日に「愛」をプレゼントしたい、って言われたんだ。彼は僕たちを逢わすことに大分迷いがあったんだろう。でも感謝しているよ、こうして逢うことができたんだから……」

「祐」の言葉を香子は涙を抑えてじっと聞いていた。そして口を開いた。

「祐さん、私、心の中でずっと祐さんを信じてきました。あの時の言葉の裏にきっと何か事情があるって……。聞かせてください！」

「実はあの時、子どもが生まれたんだ。俺の子だ」

香子は激しく泣き出した。

「嘘！　嘘でしょ？　私が産みたいって言った時、祐さんは子どもはいらないって、私をあんなに悲しませたのに……。どんな女性と一緒になっても仕方ないって諦めていたけど、子どもだけは作らないって約束してたのに……」

香子は、いつかふたたび「祐」とやり直せる日がくる、とその奇跡を信じていたのだ。だが子どもがいる今となっては、その奇跡も起きることはなくなった。香子は心底悲しかった。子どもにはどうしても勝てない。我が子を守りたい「祐」の気持ちが香子にあんな冷たい言葉を言わせたのだ。香子は逃げ出したくなっていた。そして、車のドアに手をかけた。「祐」が必死になって押し止める。その時、香子は昔の香子に戻っていた。そして、「祐」の厚い胸にすがって泣いたのだった。これが最後だから、そう自分に言い聞かせて……。

「子どもに対する愛と、香に対する愛は別のものだ。香が知っているように俺は子どもは作らないつもりだった。だから李とも籍だけは絶対に入れないつもりだった。だが李は、毎日のように籍を入れることを俺に迫ったんだ。そしてある日、李が風邪をこじらせて入院した時、医者に言われて愕然としたんだ。お腹のお子さんには影響がありませんからご安心を、ってね。俺は目の前が真っ白になった気がした。別居状態であったにもかかわらず、お腹の子はもう堕ろすこともできなかった。彼女もいろいろ悩んだんだろう。だが子どもに罪はない。俺は腹をくくって李を籍に入れ、子どもを認知した。そして子どもの顔を見た時、こいつだけは守るってそう思った。だから俺は香の電話が怖かった。子どもに対する気持ちが強く、あの電話になってしまった。上手く説明することもできず、あんな応対をしてしまったんだ。香が子どもを欲しがっていたことは充分に知っていた。だから何も言えずに……。こんな俺を許してくれ！」

時間は約束の三十分を十分ほど過ぎていた。「祐」が香子の髪の毛に触れた。「祐」はしっかり香子の肩を抱いていた。ふたりの姿は七年前のままに見えた。

「あの電話で香は気づいたんだね。俺の生活に香が邪魔になったことを……」

「祐さんの信じられないほどの変わりように、私はしばらく食事もできないほど悩みました」

「俺が香の息を止めてしまったんだな。俺はその後、李の気性の激しさに苛まれて段々心が荒んでいった。だが、これが人生なんだって自分に言い聞かせてきた」

「祐」は言うだけ言って顔をハンドルに伏せていた。

「祐さん、ありがとう。今でも私のことを大切に思ってくれて。私こんなに小さな身体だけど、中にいっぱい祐さんへの愛が詰まっているの。でもどうにもならないのね」

「香、久しぶりに君の和服姿が見られて嬉しかった。涙の誕生日にして悪かったね」

「もう時間だわ！」

香子は涙を拭った。だがその時、「祐」がしっかりと自分の胸の中に香子を抱きしめて言った。

「すまない、でも愛しているんだ。誰よりも香のことを！」

泣きじゃくる香子の涙を「祐」はそっと拭いた。

「祐さん！　私のことはもう忘れてください。そして、李さんとお子さんを大切にしてあげてください。李さんだって女として幸せになりたいはず。祐さんの愛情をそのふたりに差しあげて！　もうどうしようもないんですから。辛いけど……」

「このまま香子を連れてどこかに逃げてしまいたい！」

だが、香子は「祐」の手をそっとはずしていた。

立早ディレクターが姿を現した。

「時間が十五分過ぎています。次のスケジュールが入ってますのでお迎えに上がりました。絵西川香は当社の大切なアーティストなんです。関崎さんのお気持ちは分かりますが、ご理解ください」

立早は関崎祐に向かって頭を下げ、香子を車の外に連れ出した。局の前には小暮夫人が待っている。香子はうつむいたまま涙を流していた。立早がポケットからハンカチを出して香子に手渡した。

「辛かったんですね。やはり逢わない方が良かったですか？」

「いいえ、逢って良かったと思っています。まだ私のことを愛している、と言ってくれました。でももう逢ってはいけないんです。今日それがはっきりと分かりました、ご心配かけました。本当にありがとうございました」

香子はそう言って力なく微笑んだ。その微笑みの向こうに、「祐」の白い車が粉雪の中に溶けていくように消えていった。

小暮夫人も香子に気を遣って何も聞かなかった。その晩香子はひとりになってその悲しみにじっと耐えていた。

『秘恋』は空前の大ヒットとなった。香子の女としての幸せは叶うことがなかったが、絵西川香は大スターへの道を着実に上っていった。

寒さに心震える雪国のさざんかの花にも似て
日本海、北陸、金沢に咲く
　赤いさざんかの花
雪に積もるその花びらは
　風に震えることも侭ならず
　　遠い汽笛の音を聞きながら
　心を燃やすままに
次の年も、次の年も
その花の色香の中で気品高く咲き続ける
それはまるで女心の道しるべのようだ。
「祐」への思いは
何がどう変わろうと、消え失せることはなく
　ひとりの女の胸に秘められたままに
静かな灯の中で情愛を抱き続ける
　枯れ果てることのない
愛の川をこの先　いつの歳までも

時を刻みながら
ゆっくりとゆっくりと……。
心のどこかで夫婦となる夢の中にいるように、香子の身体に残る「祐」の香り……。

# 第十二章　心の糸

『秘恋』の大ヒットで香子は眠る時間さえまともに取れなかった。弱音を吐くこともなく、ただひたすら頑張った香子だったが、もともと弱い香子の身体は段々と疲労に蝕まれていったのだった。

ここは病院の中だった。姉の由美子が付き添っていた。由美子は年老いた母・文枝が毎日、毎日香子の曲を聞き続けていることを香子に話して聞かせてくれた。医師から厳命された三日間の休養を終わると、香子は由美子とともに自宅に戻った。小暮夫人が料理を作ってふたりを待っていてくれた。小暮夫人は由美子と初めて顔を合わせるのだ。由美子も夫人と会えるのを楽しみにしていた。三人は久しぶりにゆっくりと会話を楽しんだ。香子も大分元気を取り戻している。「祐」との再会の時流した涙も大分乾いてきた。もう一年になろうとしている。ずっと心の奥にしまいこんできた「祐」への愛も、その子どもの存在には勝てなかった。香子はふと思い出して心の天窓を見上げていた。

そんな時、小暮夫人が香子の肩を叩いてこう言った。

「香ちゃん、休暇はあと五日間ほど取ってあるから、このまま由美子さんと一緒にアメリカに行ってきたら！　そうだ私もご一緒するわ。いつか夏子姉さんに会ってきたいって言っていたでしょ。費用は私が全部負担するから……」

香子も由美子も一瞬戸惑ったが、それもいいか、と香子はすぐに考え直していた。だったら母の文枝も連れて行きたい、そんな由美子の意見にみんなが賛同し、早速実家に電話を入れ、パスポートを持ってすぐに来るようにと伝えた。母は電話を代わった小暮夫人にこう言ったという。

「最後の旅行になっても、もう一度夏子のところに行ってあげたかったんです。素敵なご提案をありがとうございます。すぐに東京に向かいますので……」

夫人は大喜びしていた。普段は家族のいない小暮夫人だが、自分の家族のように香子の家族を大切に思ってくれていた。香子はそんな夫人をもうひとりの母のように慕い感謝していた。

だが、その頃「祐」の家庭は崩壊の寸前にまで追いつめられていた。李が生んだ子どもの血液型が、「祐」の子どもではあり得ない血液型であることが、ひょんなことから判明してしまったのだ。「祐」は苦悩のどん底に追い込まれていた。李は必死になって「祐」

の子どもだと主張したが、何度検査しても、その子どもの血液型は「祐」の子どもではないことを証明してしまった。

李が帰国した時に、以前交際していた男性と関係を持ってできた子どもだったのだ。「祐」はすべてを投げ出してひとりになりたかった。何年も自分の子どもだと思って愛情を注いできたのだ。子どもには責任はない。ただ李が許せなかった。どうしても「祐」はその事実を受け入れることができなかった。そして李に別れを切り出した。もちろん李と子どもが二十歳を超えるまでの養育費を考えての上だった。だが、李はその「祐」の言葉に耳を貸そうともしなかった。

「祐」は弁護士を立てて正式に離婚の話し合いを進めることにした。

「祐」は子どもの話をした時の香子の顔を思い出していた。香子が初めて見せた嫉妬の表情だった。その表情は「祐」にはかなりこたえた。香子の哀れさと泣き顔を思い出していた。だが、今さら香子に知らせることではない、とじっとひとりで耐えた。

「祐」はただ李との別れのチャンスが来たのだと、悲しみの中にささやかな灯を見つけた思いだった。「祐」はすべてを弁護士に託して、ロスアンゼルスの友人の元に旅だった。

出発の日が明日に迫っていた。香子と小暮夫人は仕事の都合ですぐに日本に戻るが、文枝と由美子はしばらくアメリカに滞在することになっている。香子は家族に囲まれて幸福な気分でいた。

母・文枝を駅まで迎えにいった香子に、文枝は無理をしないで、と言って香子の身体を心配してくれた。香子は、母を神宮の森に誘った。香子は子どものような笑顔で文枝に甘えた。みんなでアメリカに旅立つ前に香子はふたりで話しておきたいことがあった。

「東京にもこんな素敵な森があったのね」

文枝は木々を見上げて言った。香子は思い切ったように母に胸のうちを明かした。

「母さん、私考えたの。今年いっぱいで芸能界を引退しようと思っているの」

香子の言葉に母は驚いている。

「辞めてどうするの？」

「うん、考えたんだけど、しばらく夏子姉さんを頼ってアメリカで暮らしてみたいの」

「貴女がそう決めたんだったら、アメリカに着いたら夏子に相談してみたら？　母さんは寂しくなるけど仕方がないわ。貴女が誰かと結婚するまでは死に切れないのよ。今は誰も好きな人はいないみたいね。アメリカに行くなんて言うんだから……。とにかく小暮夫人によく相談してみないとね。今は一番それが大切なのよ！」

文枝は、香子の親代わりのようにして親身に香子の面倒を見てくれた夫人のことを考えていた。そしてもうひとつ、文枝の心の中に浮かんでいたことがあった。それは「祐」のことだった。「祐」に子どもができていたことは香子から聞かされていた。だが好きでいながら別れたふたりがもう一度縒りを戻して、今度こそふたりの子どもを作って人並みの生活をさせてあげたかった。文枝は香子の『秘恋』を聞いた時、香子の心情に触れて、泣いたのだった。今でも「祐」を愛している、そんな娘の気持ちが痛いほど分かる、それだけに文枝は娘が不憫でならなかった。文枝は香子の幸せを見届けるまではどうしても死に切れない、そう思っていた。そうしなければ今は亡き夫・源二郎に対しても顔向けできないと考えていた。

「私もう結婚は諦めたの。私には『祐』さん以上に愛せる人はいないもの。ごめんなさい。母さん」

香子は文枝の両手を握りしめるようにして小さな声で謝った。そんな香子の手を握り返すようにして文枝も言った。

「ロスの夏子に会えば、あの子の明るさであなたの人生も変わるかもしれないわね。夏子はあんな素敵な外国人さんと結婚して幸せになっているし……。でもあの娘もそろそろ子どもを産まないとね」

「お母さん、そろそろ帰らないとみんなが心配しているわ」

帰路の車のなかで文枝は先日亡くなったばかりの静岡の弟・正治の遺言で香子が受取るはずの叔父の遺産相続について話をしたが、香子は遺産にまったく興味を示さなかった。

「あなたって子は本当に欲がないんだから」

文枝はあきれたように、そして嬉しそうに笑った。

小暮夫人が玄関まで迎えに出ていた。そして文枝の姿を見ると、抱きつくようにして話しかけてきた。

「お疲れさまでした。今回は突然の私たちの計画にご賛同いただき、本当にありがとうございました。お母さまにお目にかかれるなんて本当に嬉しいですわ」

「こちらこそ、何から何まで香子がお世話になりました。本当に心から感謝いたしております」

その夜は夜の十二時過ぎまで全員の楽しい会話が続いた。

次の日、成田には昼過ぎに着いた。空も晴れ渡り気分の良い旅立ちの日になった。はしゃいでいる香子の姿を見て文枝も小暮夫人も喜んでいる。だが香子の胸にはたったひとつだけ悩みがあった。小暮夫人に引退することを伝えなければならなかったのだ。ただ引退します、だけでは納得してくれるわけもない。どう説明していいのか香子は機内でもひとり考えていた。

由美子は夫人に夏子が会えるのを楽しみにしている、と話しかけていた。飛行機は一路アメリカへと向かって行った。

隣に座った小暮夫人の姿を見て、香子は本当に家族のように思っていた。小暮夫人と出会うことがなかったら今の自分はいない。もちろんアメリカへのこんな素敵な旅立ちもなかったのだ。そんなことを考えているうちに香子も眠りの世界に誘われていった。

間もなく到着する、というアナウンスでみんなが目を覚ました。シートベルトをして窓の外を見ると雨が降っていた。「雨か！」香子はちょっとつまらないと思った。もちろんその時の香子は、この雨が「祐」との再会を運んできてくれているとは思ってもいなかった。


その頃、関崎祐は香子より一足早く、同級生だったロスアンゼルスの友人を頼ってアメリカに来ていたのだった。運命のいたずらなのか、神のお導きなのか、「祐」の同級生こそが夏子の友人だったのだ。

到着出口に姿を現した香子たちを見つけて、夏子が両手を持ち上げ大きく手を振っている。黄色のワンピースに身を包んだ夏子は明るく全員を迎えてくれた。

その夜、夏子の夫がたまたま出張中だったこともあり、みんなは旅の疲れもどこへやら深夜まで話し込んでいた。小暮夫人と夏子は旧知の間柄のように話し込んでいる。夜半になってさすがに母の文枝と由美子はベッドに就いた。香子は少し疲れていたものの、まる二日しかロスにいられないと思い夏子の側を離れなかった。夏子の家はアメリカからしくリビングだけでも二十坪ほどもある。そしてゲストルームも八部屋あった。まさに大邸宅だった。

次の朝は、夏子の夫も帰宅し、一日仕事を休んで文枝たちと過ごしたい、と言っているという。そんな夫のことを夏子は嬉しそうに話している。夫婦っていいな、香子は夏子の話を聞いてそう思った。そんな思いが伝わったのであろうか、夏子は小暮夫人がバスルームに消えたのを見計らって声をひそめるように香子に囁いた。

「明日は私の友人も沢山集まるの。独身の人もいるわよ。貴女もアメリカで結婚しちゃいなさいよ。勇兄さんが日本に帰ってから私ひとりで寂しいもの。どう香ちゃん？」

「夏子姉さん、実は私そのことをお母さんに少し話しておいたの。でもそれには芸能界をきちんと引退してからの方がいいと思っているの。私自身の中では引退は決めたんだけど……」

香子は夏子にはわりと素直に自分の考えを伝えられた。

「そうなの。じゃあ、私に強力な味方ができそうね」

「でも母さんが早く赤ちゃんが見たいんですって！　私には当分期待しないでって言ったけど。夏子姉さんも早く赤ちゃんを作りなさいよ！」

香子は夏子を煽るように言った。

「その件なんですけど……。実は母さんに今夜お話ししようと思ってたんだけど、疲れているみたいなので明日に延ばしちゃったんだ。香子には先に話しちゃう。実は今このお腹の中にベビーがいるの」

「本当？　ヤッター！　夏子姉さん、おめでとう！」

香子はまるで自分のことのように飛び上がらんばかりに喜んだ。そして香子は夏子のお腹にチューとキッスをした。

「まだ動かないわよねぇー」

「もちろんまだよ、さぁ、香子ちゃんもバスを使って！　明日は楽しみね、どんなボーイフレンドが来るのかしら？　きっと四十代の人だと思うけど、みんな素敵な人たちだと思うわ。楽しみだわ」

夏子の底抜けの明るさに、香子は今すぐにでもアメリカに住みたくなってしまった。香子はバスを使いベッドに入ったが、なかなか寝つかれなかった。

(夏子姉さんの赤ちゃんのことを知ったらお母さんがどんなに喜ぶだろう。それに比べて私は迷惑ばかりかけている。私も結婚して子どもが産めたらいいなぁ！）

そんなことを考えているうちに、香子はいつしか眠りの世界に入っていった。


翌日昼過ぎに夏子の夫トムが帰ってきた。一息いれると夏子と共にショッピングに出た。母も今日はワンピースを着ている。夏子がそんな母に赤い口紅を引いている。文枝は落ち着かない様子でティッシュで口紅を落とそうとしたが、夏子が病気顔は駄目と言って口紅をそのままにさせていた。そんな母を見て香子はそっと耳打ちした。

「お母さん、今夜ねぇ、夏子姉さんから重大発表があるらしいわよ！」

「何なの？」

尋ねる母に香子は、何かしら、と答えてとぼけていた。

夏子の夫のトムは、こまめに夏子の買い物の手伝いをしている。そんな彼の姿を見て由美子が言った。

「日本の男たちも見習ってほしいわよね」

そんな由美子の言葉に小暮夫人もうなずいて言った。

「私の亡くなった主人なんて、座ったら最後、地震が来ても動かないひとだった。静かではあったけどね……」

夫人のその言葉にみんなが笑った。

ディナーの用意が始まった。トムは相変わらず夏子の側にいて、いろいろ食事の用意など手伝っている。友人を集めてのホームパーティーの時はいつもそうするらしい。やがて食事の用意が整い、ワイン、ウィスキー、日本酒といろいろ揃えられた。後は客を待つだけだ。みんなはそれぞれがおしゃれをして来客を待った。

チャイムが鳴り三人の客人が入ってきた。トムの友人だという。夏子がみんなに紹介した。リビングで思い思いのソファーに腰掛けたりしてくつろいでいる。香子もそのうちの何人かとカタコトの英語で話をしていた。またチャイムが鳴り女性ふたりが入ってきた。夏子の友人だ。ふたりとも六十代の品の良い婦人たちだった。ここはアメリカだ。小暮夫人も、文枝も、香子も、由美子もみんなから抱擁されキッスを受けている。香子が母親の方を見るといつもより四、五歳は若く見えた。夏子のパワーがそうさせたのか、それともアメリカという場所がそうさせているのだろうか。

またチャイムが鳴った。予定された最後の客だった。夏子は大きな声で言った。

「やっと来たわ、祖国日本のお友達よ」

夏子は大きく両手を広げて友人と抱き合っている。数少ない日本人の友達の畑山茂と会えるのが楽しみだったのだ。挨拶を終えると畑山が振り返って言った。

「もう一人日本からのお客さんを紹介させてもらうよ。僕の昔の同級生なんだ。突然なんだけど、彼はしばらくロスに住むことになってね。おい、入ってこいよ、気兼ねはするなよ、このご夫婦とは本当に仲良くさせてもらっているんだから……」

畑山はそう言ってドアの中に友人を引き入れた。それは関崎祐だった。

「はじめまして、関崎と申します。今日は畑山さんからお誘いを受けて、図々しくご一緒させていただきました」

夏子は「祐」を見て呆然としていた。その時、初めて「祐」も夏子の顔を見た。「祐」の顔が硬直した。畑山がそんなふたりの様子を見て尋ねてきた。

「おい、知り合いなのかい？」

畑山の言葉に夏子は我に返ったように「祐」に尋ねた。

「祐さんじゃないの、どうしてロスにいるの？　香と約束していたの？」

「えっ、約束？」

「だって香もここにいるのよ！」

三人は驚きのあまり何を話していいのか分からなかった。畑山も夏子から妹のもと旦那だった人、と聞かされて唖然としている。しかし一瞬の後に「祐」は夏子に言った。

「香がここにいるんですか？　まったく偶然なんです。昨日こっちに着いたばかりなんだ」

「祐、お前が昨日の夜別れるって言っていたのは、夏子さんの妹さんだったのか？」

畑山の問いかけに夏子が驚いた。そして、すぐに悟った。

「えっ！　あの李さんとかいう人と別れるの？」そこに香子が現れたのだった。

「どうしたの夏子姉さん？　皆さんがお待ちかねよ」

香子は夏子の方に目をやり、続いて二人の男性に目を移したが、その瞬間に驚きのあまりだろうか、真っ青になっていた。

「夢なの？　夢よね！」

そう言って自分の頬をつねった。だが涙を伝うその目の中に「祐」を見た。二度と逢えるはずも、逢うはずもない「祐」……。

「香！」

そう言って「祐」は手を取った。

畑山は何となく事情を察したのか、リビングに移動してみんなと語らい始めた。夏子は香子にそっと耳打ちした。

「奥の部屋でふたりでお話ししたら……」

だが、「祐」は誰の目を気にするでもなく香子をそっと抱きしめていた。

「祐さん、どうしてここにいるの？　ご家族は？」

「香！　聞いてくれ。一緒になれる日が来たんだ。もしかしたら俺は一文無しになるかもしれない、でも付いてきてくれるかい？」

「祐」は精一杯自分の気持ちを訴えた。

「でも子どもさんは？」

香子は一番気になっていたことを聞いた。

「詳しくは言えないが、俺の子どもではなかったんだ。ロスに来たのはやり直すためなんだ。後のことは全部弁護士に任せてきたんだ。会社も社長になりたい奴にあげることにした。だが香がこのロスにいるなんて……。夢にも思わなかったよ。でも夢ではないんだ。この温もりが……。忘れようにも忘れられない香の温もりだ……」

「祐」はまさしく香子こそが、ともに生きる女だと確信していた。そんな時、ふたりの後ろから声が聞こえた。

「一緒になりなさい！　今度こそ。お父さまの引き合わせよ、きっと」

香子は母の文枝の胸に顔を埋めて泣いていた。

「祐さん、あなたはどう思っているか分かりませんが、私は今でもあなたのことを息子同然に思っているわ。香子のことをお願いしますよ、今度こそ離さないでね！　そして、もう一度一からやり直してください。この子を幸せにしてやってください」

文枝も泣いていた。トムがやってきた。夏子から事情を聞いたのだろう。

「さあ、リビングに入ってください。気のおけない仲間たちだけだから、結婚パーティーの予行練習と行こうじゃないか！」

夏子に鍛えられた日本語でトムは音頭を取る。シャンパンが開けられ、全員で乾杯した。

小暮夫人も香子に駆け寄るようにして囁いた。

「すべて了解したわ。後は私に任せて。関崎さんと家庭を築いて、ベビーを産んで幸せになって！　芸能界は今入っているスケジュールだけこなし、後の処理は私と及川さんに任せておきなさい。もう少し祐さんとロスでゆっくりすればいいわ。お母さんたちもゆっくりなさるんだし……」

香子は小暮夫人の思いやりと優しさに感謝し、同時にホッとしていた。

一か月が過ぎた頃、ロスの畑山のところに日本の弁護士から電話が入った。李が離婚に同意して印鑑を押したという。調査の結果子どもの父親も判明し、慰謝料二千万円、養育費は一切なしということで決着したのだという。

「祐」は今こそ心から愛せる女と暮らせるのだ、と確信していた。今までの自分が寄り道した分、二度と同じ過ちを繰り返さない、と香子に約束もしていた。「祐」は今、自分が人生の本当の出発点にいるのだと思い、身体が震えるのを感じていた。

香子もまた心の中で叫び続けた男への愛が成就できることに素直に歓びを感じていた。お互い呼び合い、求め合ったのだ。

「祐」も、香子もそれぞれの愛を信じていた。見えない心の叫びが、いつしか結び合う本当の再会を実現させたのだ。

思うこと、願うことから、奇跡を呼ぶエネルギーが生まれ、その夢が叶うのだ。

「祐」と香子はロスの再会から半年後に再び一緒になり、夫として、妻として暮らし、その一年後には可愛い男の子を誕生させた。

心の糸にしっかりと結ばれていた。

誰も破ることのできない、男と女の運命の結実であった。

完

著者プロフィール

**加賀 ゆう子**（かが ゆうこ）

1952年12月11日、茨城県生まれ。

プロ歌手として活躍する中、オリジナル曲(玄海の竜、人の気も知らずに、北の蔵、秘恋)など、自ら、作詩、作曲して、発売する。

『秘恋』が小説になったきっかけは、ファンの「ぜひ、小説を書いて下さい」という声からだった。

加賀ゆう子のデビュー小説となる。

**秘恋**（ひれん）

2024年９月15日　初版第１刷発行

著　者　加賀 ゆう子
発行者　瓜谷 綱延
発行所　株式会社文芸社
〒160-0022　東京都新宿区新宿1－10－1
電話　03-5369-3060（代表）
03-5369-2299（販売）

印刷所　株式会社晃陽社



ISBN978-4-286-25750-1　　JASRAC 出 2402290-401